一封来自时间的检讨书

苏先生 著

北京联合出版公司
Beijing United Publishing Co.,Ltd.

图书在版编目（CIP）数据

一封来自时间的检讨书/苏先生著.—北京：北京联合出版公司，2020.11
ISBN 978-7-5596-4586-9

Ⅰ.①一… Ⅱ.①苏… Ⅲ.①短篇小说－小说集－中国－当代 Ⅳ.① I247.7

中国版本图书馆CIP数据核字（2020）第182522号

一封来自时间的检讨书

作　　者：苏先生
出 品 人：赵红仕
选题策划：上海牧神文化传媒有限公司
责任编辑：徐　樟
特约编辑：小　郭
美术编辑：脑洞中枢

北京联合出版公司出版
（北京市西城区德外大街83号楼9层　100088）
北京联合天畅文化传播公司发行
上海盛通时代印刷有限公司印刷　新华书店经销
字数146千字　889毫米×1194毫米　1/32　8印张
2020年11月第1版　2020年11月第1次印刷
ISBN 978-7-5596-4586-9
定价：45.00元

版权所有，侵权必究
未经许可，不得以任何方式复制或抄袭本书部分或全部内容
本书若有质量问题，请与本公司图书销售中心联系调换。
电话：010-65586687 010-64258472-800

目录 CONTENTS

序　小镇青年　　　　　　　　003

一九九九年的猪　　　　　　　010

秀　枝　　　　　　　　　　　027

多　银　　　　　　　　　　　045

鱼　叔　　　　　　　　　　　061

刘　姨　　　　　　　　　　　076

旅　鼠　　　　　　　　　　　082

小　亮　　　　　　　　　　　089

吴　明　　　　　　　　　　　104

疯　王　　　　　　　　　　　119

小　春　　　　　　　　　　　132

黑　子　　　　　　　　　　　141

老　何　　　　　　　　　　　153

二　哥　　　　　　　　　　　165

葱姑娘　　　　　　　　　　　178

阿　霞	190
唛　头	195
时间检讨书	212
没有街道的城市	219
后记　我所接受的文学教育	225

记忆像刚睡醒的婴孩,大哭不止。

序

小镇青年

在我的手机中，循环播放次数最多的歌曲是达达乐队的《南方》，然后是《故乡》和《私奔》，这些歌曲中包含着典型的小镇故事情结。对爱情，曾经那么不自量力地给出承诺；对远方，曾经信誓旦旦地憧憬。但在到达目的地后，这所有的感情却都转化为对于故乡的那种尴尬的小心翼翼的留恋。

直到三十岁，我还是害怕在马路上看到警察查身份证；在商店里害怕和售货员交流；坐长途汽车时害怕司机无名的暴怒；每次进入地铁站看见人流还是会脑子里空一阵才能分辨方向；恐惧进入任何一个有柜台的空间；无缘无故就做很多脆弱的无可挽回的梦；时常因为对一整天毫无所获产生不满而难以入睡。所有的难以承受和所有的无所适从都来自小镇生活的存留基因。

我一直在追踪我对故乡的那种眷恋，童年回忆复杂到无力整理，让我在离乡多年的生活里一筹莫展。

那幽深又潮湿的小巷，早晨被雨淋湿了的街道，藏在深处的村落，大风袭卷就寂静到空无一人的连绵大山，还有那么多失落无以依靠的灵魂……

我们村就在镇的入口，是个大村，GDP是全镇最高，风水也好，每家每户都生两个儿子，以至于人们都说我们村的那口井流的是神水。全镇二十九个村的女孩子都想嫁到我们苏庄，除非身体有残疾，否则我们苏庄很难出光棍。我是远近驰名的懒汉，到现在还有人这么定义我：那个喜欢拿被子蒙上头昏睡整天的人。但是过去我一直不怕娶不到老婆，一直到后来我们镇通了省道，女孩子随便在路上一招手，就可以嫁到省城去，那时候的我才有了危机感。我发现我爸爸是之前红过的美男子，因为在秦腔剧团的缘故，他走在大街上，就有好多女人和他打招呼，就像我见到自己喜欢的作家一样，拼命往人跟前凑。我妈妈就在后面噘着嘴问："这谁啊，谁啊。"

我爸爸前后给我念叨过，要给我和谁家的姑娘定个亲，当然他也考虑过我们镇首富家的女孩子，只不过那个女孩子后来也变成了一名嫁到县城里的普普通通的妇女，因为她父亲的优秀，她并无太大的野心。

前几天，我弟弟帮我去派出所办迁户口，他跟我说："咱们村现在是示范村，你迁出去后再想迁回来就进不了苏庄了，只能把户口落到镇里，还不能成为农户。咱们乡已经升级成镇了。"过几天我爸爸拍照给我看了户口迁移证，证上面写着我的小名、学历、婚姻状态。而那个按照家族排序的小名，只有家族里的人用过。新户口本上我那个小名被删除了，此后与家族的联系就只剩下了姓氏。

户口的事情办完之后，我开始有些想家了，搜索关注了老家的一些微信号，把一些不甘寂寞的文人墨客都关注了。我感觉到我正在远离家乡，我的孩子再也不可能在那里长大，去体会那里对于万事万物的发音，那么多美妙绝伦的方言和他也再没关系了。

这么些年折磨我的情感之一是一直伴随我的那种对故乡的毫无来由的眷恋和恬不知耻的卖弄。而如我这般出身贫贱，也毫无家族之荣的血脉，不应该有这样的情感，而应该是遮蔽、隐藏、憎恨那贫瘠到无以复加的故乡。在毫无理由的乡愁里沦陷，我一次次探究这些东西的成因。

大山、小河、潮湿却又遮天蔽日的大雾、被荒草淹没的小道。我一个人穿越被阵雨撕裂的村道，在黑夜里恐惧地躲避那么多张着大口的窑洞，翻过被雪覆盖的山峰到达那些咄咄逼人的学校。好像在前些年，大家都不愿意提及故乡，甚至每时每刻都在掩饰着出身，而我却从未如此，我一直不断暴露故乡的原始和破落。

在我复杂的性格成因里，有那么几位女老师的贡献十分突出，她们的自私和高尚那么显而易见。在初中同时调入我们学校的三个女老师中，英语老师柳小鱼很早就放弃了能把数学考满分但是却不上她的英语课的我。我后来在接近三十岁时在一辆大巴车上遇到她，她说她和自己的丈夫很多次在深夜聊起我的偏科现象，相比她的丈夫——我的数学老师——她的挫败感可以说与日俱增。后来她的丈夫调入县城，最终又调入省城。而她因为不孕不育沦为我们镇初中每届副校长的性伴侣，这使得我对"人格魅力"一词有了强烈的认知。她的丈夫和我母亲的娘家同村，每次路过那个迁徙至空无一人、被雨水拍烂的院落时，母亲便会讲男老师小时候的故事——他家里穷得只能吃糜子磨的面，他每天一边看书一边走路上学从而导致了高度近视。母亲用他的故事来激励我，但是又不断地说只要我健康平安就好，"人这一辈子很难活"，这是母亲那么早就给我的一句话。

第二位女老师给我的是一种干裂的坚硬，她竟然当众打追求她的男老师的耳光。初一开学那一年，我和小强两人每天下午放学后蹲在校门口一一数着进出的姑娘，他记住了全校所有长头发的姑娘，我记住了全校所有短头发的姑娘。后来他追到了那个麻花辫子垂到屁股上，名字叫水灵的姑娘；而我却喜欢上了毕业第一年就调入我校，但是第二年就得胃病去世的这位姓孔的教地理的女老师。

她的性子因为那几个大耳光被众人所晓,这一举动和她那瘦小的躯体形成巨大的反差。体重不到八十斤的她头发异常浓密,每每在地理课上因为胃痛而痛苦不堪。

那是我叛逆的开始。脸上有疤的赵姓同学把烟头从男厕的最里面扔进女厕的最里面,我也跟着一起,这能满足我当时想加入坏学生阵列的想法。我预测我能听到异性的大呼小叫,因为根据我的观察结果,每次在厕所最里面排泄的女生都很矫揉造作。然后就出现了全校历史上第一个跑进男厕抓住我们审问的女老师,她就是我要说的第三个女老师。这位马姓音乐老师因为美貌和声音甜美而获得的各种虚假礼仪的浇灌,使得她疯了一般咒骂当时在男厕的所有人,而她的身后跟着那个当众给男老师耳光的孔老师,她进来后一言不发,左顾右看。而烟头其实是落到了孔老师的肩膀上。

她们的魅力和超前性,以及对待男人的放纵和保护,都使得我对性和爱情的期待变得更为复杂。我相信在这里,我完成了对幻想中的爱情、友情的刻意模仿。

每个小镇青年其实都经历过漂泊,无论是身体上还是内心深处。我也曾幻想过自己的未来,但是我最终败给了现实。事实上作为小镇青年的我有强大的自信,有折损了的自卑,也有无数种从头再来的决心,就像在小镇的街道里的我曾经有无数个梦想一样。

后来,我自以为是地变好,自以为是地长进和获得收获。但其实和过去的小镇生活相比,我在持续变糟,我的人生在退步,甚至被丢弃。那段时间是只属于我自己的黄金时代。正是它决定了我往后的一生是不是过得灿烂,是不是过得有意义,是不是在失去劳动力时还照样能获得子嗣和配偶的尊重和敬仰。

作为小镇青年的我,依旧是一个心比天高命比纸薄的人。

一九九九年的猪

一九九八年，我小学六年级，我们县的五所初中发生了大规模作弊事件，于是当时的教育局局长被罢免，新来的局长发明了跨镇考试模式——初中学生在每年的升学会考时都必须去另一个镇考，两个镇的学生穿插坐，也就是坐在你前后左右的考生，你都不认识，关键是你还身处异地，作弊就难上加难。

初一学生考三天接着初二学生考，初三的学生一般都是去县城里考，县城的幼儿园、小学、初中、高中、职教中心都设置成了考点。

我到了初中就恰好赶上了这个政策。高兴的是，学校考完就可以放暑假了，成绩下学期开学才出来，这对于我这个当时成绩还算优秀的学生来说，不用惦记分数的假期可以滋润很多，所以我对考试还有那么点小小的期待。

　　那是我第一次出远门。出发前，我去镇里的理发店里剪头发，还专门去了镇里最有名的"柳日鬼"那里，"日鬼"在我们那边是糊弄、凑合的意思，但柳师傅得这个名字不是因为他技术差，而是技术太好了，随便凑合一下都比别人剪得好，于是幸得大家的褒扬而获名。柳师傅长得像个厨子，身材高大，"干的却是娘们活"。我进理发店时没有其他客人，刚洗完头发时我班主任张老师来了，我便让他先洗先剪。那时候我还是个内心特别纯净的孩子，在张老师剪头发的一个小时里，我一直站着，没敢坐。后来柳日鬼把我尊师的这件事传遍了全镇二十九村。我父母后来去他那里剪头发都半价，我父亲和柳师傅还成了酒友。

　　北漂多年后某次回家，我还在镇里听到别人在讲这个故事，听上去那么可笑。

　　二〇一五年的时候，张老师联系到我，问我要了张我的照片，并把照片放进了他QQ空间里叫"优秀学生"的相册里，我看到后有些落寞。张老师可能不知道，在初中毕业后，我的人生一直朝着失败的方向发展。

　　因为学校只包了两辆小客车运送学生去考点，所以学校把我们分了四个批次，我被安排在第三批次，下午三点在学校门口集合，经过两个小时的车程后，五点到达指定考点川镇。五点我们集镇早就没了太阳,但是川镇地理位置奇特,晚上七点还有太阳,也因此经济最发达,连曾经的县城南镇以及现在的县城洛城的经济实力都不及它,加之还有一条省道从镇中穿过,这个川镇就拥有了自己独一无二的骄傲,那就是它拥有自己的高中,而其他的镇都没有。

我剪完头发,蹲在街道的台阶上看人,看饿了后跑到凉皮摊子吃了一碗,继续等那两辆把集镇人送向各地的客车。

这两辆限乘十九人的小客车,在后来十几年时间中是集镇人离开和归来的唯一工具。两辆车来到集镇不久,是在县运输公司倒闭后来的。移居新疆的双胞胎杨氏兄弟发现了这一商机,哥哥的车是饱满的蓝色,蓝天的颜色,弟弟的车是粉色,桃花的粉色,他们各自的媳妇是车上的售票员。

两辆颜色鲜亮的车往返于集镇通往县城的路途,在春夏的翠绿和焦黄之间,在秋冬的枯瘦和大雪之间。我此生看到的美好和记住的美丽,好像都是这两辆车给我的。至今还没有什么更加幸福的记忆能去媲美或代替。

杨氏兄弟的和善使得集镇的人都温了性子。

在我所有的记忆里,杨氏兄弟带给我的感觉并不像其他人说的那样是集镇经济发展一个新阶段的标志,它更像是一种新的生活方式,一种新的人生。

等车的间隙,我的哥们儿涛子过来了。他父亲是个造锅炉的,我喜欢去他家，因为他们家持续多年都保持着把所有的行李通通打包的状态，涛子说他们全家都在等父亲的一个通知，接到这个通知，全家就随时可以离开。我喜欢他们家的这种随时准备离开的感觉，所有的东西都没有自己固定的位置。在他们家，到涛子的房间能感受到一种漂泊感，所有随时用的东西都放在炕边，像在旅馆的感觉一样，我讨厌死了我们家所有的东西从我爷爷时代开始至今就没有更新换代过。

涛子有段时间迷恋《易经》，都快走火入魔了，拜了我们村的阴阳先生为师，天天掐指算命，也给人算如何找回遗失的东西挣点小钱。他聪明绝顶，记忆力超群，博学多闻，但又好色至极。他喊我一起去给他爹打电话，我们俩到了敬老院开的门市部，让老头拿出电话机，他给他爹打了个传呼，我们俩随后就站在那里等电话回过来。间隙，他说他可能下个月就走了，他爹最近发财了，在城里买了楼。我看着他想说点什么，但终究没想到能说什么。涛子带着我打过架，闯过女生宿舍，陪我去看过被称为"鬼人"的全校学习最好的畸脸学生的住处。记得那次我说，我要去看看住在那一片荒地上的人，涛子二话不说，直接陪我去看。我们去时，畸脸的学生正在生火做饭，涛子就用书卷成吹筒，帮助吹火。我们出来后，他说，你看吧，他不是什么怪物，而是个天才。现在涛子要走了，我不知道说什么。他不喜欢集镇，他说这里太小，装不下他的见识，他已经读完了五十本小说。我也觉得他应该离开这里,这里的人不知道他有多厉害,这是在浪费他。

他父亲回过来电话,他接了一分钟,挂了他转头告诉我,他父亲没说今天可以走,所以今天不走了。

他说今天带足了钱,带我去吃雪糕。这是我第一次吃雪糕,我们到冰柜前面,挑了"大红鹰"雪糕,我喜欢吃那个脆皮,我们俩蹲在地上面对面吃。我看到他的鸡鸡在裤裆里已经装不下了,顶着一个大包,他发育得真好,真像个男子汉,而我的裤裆外观看上去连点起伏都没有。

吃完后,我们沿着街道走,从粮库走到农机站,从工商所走到供销社,还是没等到车。他提议,我们再吃一个雪糕吧,于是我们又吃了一支。

他说,雪糕真好吃啊。我说,是啊,雪糕真好吃啊。

一直到我们吃第五支雪糕时,车来了,这是我第一次坐杨氏兄弟的车,兴奋不已,这种兴奋也和离开有关,和远方有关。但是涛子不行了,他肚子疼,在派出所的厕所里蹲到腿软,站都站不起来了。最后他说不去考试了,反正他考了也没用,最后迟早要离开。他让我去考,他等天黑了,身体好点就回家去。

我出发了,这是我的第一次出发。我有我的命,涛子有涛子的未来。两辆车装满参加考试的人,迎着太阳一直往西驶去,我在蓝色的车上,粉色的车跟在后面。山路崎岖,车子穿过一条隧道,突然天光射下来,刺眼得厉害,我们大家像被放在了一盏灯下面。眼前是一片无垠的大川,平整坦荡但死气沉沉。车绕着山路往下盘旋半小时后,径直往大川的"肚脐眼"里钻,就像一头狮子张着嘴,等我们掉进去。

到了川镇,我们下来,两辆车还要返回去接第四批次的学生。我们分头各自去找住处。和我们这次一起插考的是赵镇中学,两位老师只给第四批次的学生预订了住宿的地方,而我们前三批学生则需要像士兵潜入百姓中一样,自己去川镇的人家里找落脚的地方。

我们沿街各自找寻住处,因为旅店太贵了,川镇的人知道我们不会去住。集镇是出了名的穷镇,在川镇眼里,集镇是"他们买一只麻雀,杀了就可以过一个年"。川镇人临时把自己家改成大通铺,一间屋子里一个炕,一个炕上睡十人,一人一晚上才十元。因为这一年学生数量增多,川镇的大通铺早就不够住了,我们第三批成了最尴尬的一批学生,前两批都比较好找住处,第三批只能见缝插针。

川镇比我们集镇热多了,这里有河,河从川镇的边上流过,是黄河的一支分流。最后剩下我们六个没有找到住宿的只能沿街溜达,买了大西瓜,用拳头砸开吃。吃完继续走,走到一座桥前,我们停下,看大货车来来往往,这些全是运西瓜的车。一辆大货车颠了几下，从车上掉下来十多个西瓜，有些摔成了渣，有些只是裂了缝，我们把它们抱到路边放着，然后继续看过往的车辆。稍微晚些的时候，路过的车都是运啤酒的，一辆车又在原来西瓜车颠簸的地方遭了灾，从车上掉下来一箱啤酒，我们等车走远了，过去抱过来放在西瓜旁边。我们进而研究这两辆车连续掉东西的共通点，得出结论是这两辆车的左前轮都开进了那个看似不深的坑，这个坑迷惑性很强，只是诱饵，它的前面还有个小坑，这个小坑才是罪魁祸首，两个坑只要进去第一个就势必会进第二个，这是命里注定的事，在两个坑之间，轮子的颠簸会抛起车上的东西。后来我们还得到了一箱方便面。

　　天黑下来的时候，我看到了一张熟悉的女性的脸，是我三姨家的大女儿，她的名字在集镇中学的优秀毕业生名册上，她喜好给老师起外号，有几个外号最后叫响了，一直沿用至今。她在这里上高中，我看到她时莫名地产生了安全感，有了一线生机，但是紧接着我又产生了负罪感，我们这六个人肯定会给她带来麻烦……她走远后，我突然又变得很高兴，我们六个人一个也没有减少，我们掰开捡到的西瓜，西瓜里全是沙子，硌得嘴里都出了血，于是我们笑川镇的沙子也比集镇的硬啊。

　　我们抱着捡来的东西往前走，走过一座桥，到了一个垃圾站。我们走进垃圾站，询问有住的地方吗，一个男人说有，他把我们带到了一间房子，房子里只有床，床上只有光溜溜的床板，除此以外什么都没有。我们几个坐上去，开始喝啤酒，把方便面拆开吃，没一会儿工夫，亮子就醉了。我们脱了他的裤子，把他晾在眼前，有几个小子去逗他的小鸡鸡，把小鸡鸡逗得朝天直立着。亮子个子小，皮肤白，他姐姐是我们镇出了名的浪女，长得美还性感，她出现最多的地方是混混们摩托车的后座和歌舞厅。亮子和他姐姐从来不说话，脾气古怪，沉默寡言，但现在却喝醉了。

我们都昏昏欲睡的时候，有个穿西服的小伙进来，喊我的名字，他说他是我们村的小军，在这边镇政府上班，听说我来考试了，来看看我住好了没，打听了好久，才找到这里的。

他说，走，去我那里住。我说，我们六个得一起。他说，行，六个一起。

我们跟着他去了新建成的川镇敬老院，一整个院子里四层楼，空无一人。他说这才刚建好，这几天在配置家具，正好有两间配置好了，铺盖都齐备，还没人住过呢，我们几个给赶上了。

满院子的油漆味和水土腥味，墙刷得惨白。

把我们几个安排好后，小军就走了，临走前嘱咐我们说有看大门的人，出门不用锁门，记得带好自己的东西就行，他明天就要去下面的村子了，得十天半个月才回来，这几天让我们自己注意，这里一直能住到考试结束。

我们六个像从地狱进了天堂。我们打开收音机听歌，听到后半夜才睡着，第二天要考试的事情早就抛之脑后。新鲜和未知的世界一下子把我们曾经只有考试的生活映衬得那么卑微，让出身在贫瘠之地的我们茫然不知所措。

早上醒来后下楼买包子吃，楼道里睡着一个大胖子，但是听不到一丝呼吸声，他身上撒了一堆钱。我们几个站在那里没动，各自极目远眺猜测着数，最后得到三个数字，一千六、一千八、一千九百五。我们下定结论，那人在测试我们，我们一旦伸手去捡，他肯定迅疾起身抓住我们暴打一顿，并把我们马上赶出敬老院。我们轻手轻脚地绕过那人，去楼下的厕所站成一排撒尿，昨晚的啤酒致使我们的尿液发黄。亮子这时候哈哈大笑，他的两只手没有握他的小鸡鸡，而是拿着一百元。他走在我们最后面顺手捡了一张，他开心地把一百元展开给我们看。

我们拿着准考证去找考场，六个人被分在三个地方，而我的考场比较近，就在川镇的初中。我进学校后，一直沿着学校围墙往里走，那个学校是个长方形，走到尽头费了不少时间。走到我的考场时，所有人都围在那里，原来那间教室在前一晚被一个疯子点了一把火，没法用了，我们要被带去一个小学考试。二十个学生跟在老师后面，穿过街道往山上爬，正因为这个小学在山上，所以才没有被列入这次的考点设置范围，我们一共用了半个小时才走到了那个小学。

这一整天我们都心虚不安，怕那个胖子来找我们。一直到晚上我们回到敬老院，胖子也没来找我们。

在回到敬老院之前，我们的确还经历了一些事情。

下午四点考完试，我在街道那里碰到了小东，小东学习好，是我们班的体育委员。他提议我们去采摘园，他说来川镇不去采摘园里吃一趟就算白来了，川镇的光照和土壤以及潮湿的空气让这里的水果远近驰名。于是我们又经过了前一天的那座桥，从桥的一侧下到桥下，沿着河边走了大概十分钟的路程，到了一片一眼望不到头的果园。我从来没见过这么大的果园，一个人只收一元钱，进去就能随便吃，出来的时候一个人可以带走指定大小的一篮子水果和蔬菜。一路上我们也遇到了不少集镇的同学，只要是集镇的，我们就喊上同去。到果园时我们一行大概有二十多人，大家全部钻进果园里，一边走一边吃，喷了农药的树上标明了不能采摘，反之没有标注的树是能随意吃的。

苹果树、梨树、桃树的下面还夹杂着种了草莓和西红柿，最令人惊喜的是有一大片树莓，我穿梭在这树林子之间，心里感到美滋滋的。突然就看见了小东的姐姐小西。

小西曾经给我写过情书，我没有拒绝也没有应承，虽然我俩一个班，但我一直躲着她。小西长得干净，那种干净和我们都不一样,不像是我们这边长大的孩子,她有一种很正经的感觉,给人传递出一种"你敢对我动邪念,我就把你撕碎"的信息。我看到她篮子里的水果每个长相都好看,被擦得很干净,而我从树上摘下一颗桃子用袖子擦了两下就直接咬了一口。"真好吃啊!"我感叹道。她站在对面扑哧一笑,说:"怎么可以这么吃?"然后她从篮子里拿起一个桃子,从衣服兜里掏出手绢,擦了又擦,擦得桃子都快脱皮了,再递过来给我:"吃这个吧。"我接过桃子,咬了一口,然后她又让我把之前咬了一口的桃子给她。她拿在手里,左看看右看看,然后朝着河边扔去。我看着桃子呈现出来的抛物线,有点蒙。等我转过头来,她已经朝果园出口的方向走去了。

我跟在她后面,她的凉裤是浅色的,隐约看见她白色的内裤,她走起路来屁股往两边甩,边走边回过头来看我。她的脖子很长,回头都不用动身子,我感觉到一股热意从我的肚子下方喷涌而出。直到我俩上了公路,她说:"我要回去了,你去哪里?""我哪里也不去,就在这里站着等他们。"

我看着她远去,她那天穿着一件蓝色的衬衫。

我从那座桥的另一侧下去,下到河滩那里,蹲在细沙上挖沙子。挖了十多分钟后,听到桥上有人喊我名字,我远远看见是我三姨的小儿子小发,我这才想起来,他也在这个镇里上初中。

他跑下来喊我哥,问我住在哪里?我看他长大了,也胖了。我俩沿着河滩往前走,他说他刚学会了游泳,要带我去教我游。我们往前走了几分钟,我抬头看见夕阳的光辉洒向地面,闪闪发亮,小溪流也交汇到一起往前奔去,越往前走水流越急。

我问他,是不是骗我学会了,要是没学会出了事我三姨和三姨夫肯定打死我。他嘿嘿笑,我就知道这小子从小满嘴谎言。我带着他返回到桥下,正好看到了暂住在敬老院里的他们五个,他们站在桥上喊我一起去吃炒面,我喊他们下来耍一会儿再走。

随后,我们几个在河滩边洗了个脚,下午的水温很舒服,还是活水,我们集镇是倚山而居,这里是沿河而住。不知道什么时候,桥下的几个拱洞里来了人,仔细看有三个男的,他们正围着一个姑娘。仔细一听,那个姑娘在哭,我们几个起初也就只是往那边看看,随后好奇心重了,就往前走了走,这才看清几个和我们年纪相仿的男的正围着一个比他们大的姑娘动手动脚,姑娘在拼命反抗,但是无济于事。

我们几个喊:"嗨,嗨。"那边一男的回答:"看什么看,再看打死你。"川镇人说话尾音很长,不论说什么狠话,听上去都像开玩笑。我们这边继续喊,给他们喝倒彩。那三个男的从拱洞里跳下来,那个姑娘继续站在那里,因为拱洞有些高,姑娘不敢跳下去。

三个男的过来,说:"你们是来考试的吧,胆子不小啊。"随后拿出一盒烟,给我们几个每人发了一根,不抽烟的也给塞进了嘴里，然后分别都给点上，随后带头的说："怎么着哥几个，单挑还是一起上。"

我们几个没见过这么直来直去的，被吓着了，都不说话，那边带头的人派了其中一个人找帮手去了。我们也想走，带头的人说："咱们先聊聊别着急走。"他们两人挡在前面，不让我们任何一个人离开。

我站在那里环顾四周，不知如何是好，突然看见小发不见了，往远处看过去，小发已经上了桥，在对我招手。

对方的另一个人说："你们今天要死在这里了。"

带头的人不说一句话，就这样僵持了十多分钟，在这十多分钟里，我们几个也都交换了意见，没有得出结论，最后小亮说："要不就一起上，最后到底谁死还没定论。"

不多时，桥那边的方向轰隆隆过来十几辆摩托车，在桥上停下，十多人都从桥上下来径直往我们这边走来，把我们六个围住。

最先开口的是一个小个子平头，开口问："你们哪里的？"我们说："是集镇中学的，来考试。"他说："来考试不好好考试，惹什么事。"

我们张大嘴惊讶，回应说："我们没惹事。"他上来就给了我们其中一个一巴掌，还说："让你们话多。"此时我们谁也不敢说话了，他从腰里拿出一把刀子，随手耍了几下，和之前三人中的那个带头人退了出去，细细碎碎地聊了几句，然后说："把你们身上的钱都拿出来吧。"

就在我们几个被人翻兜的时候，桥上下来一人，往我们这个方向走来，围着我们的人看到这个情形后都开始窃窃私语。我看到那人后面跟着小发，他走到人群里面，是个很矮很黑的人。之前打人的小平头上前说："小周，你咋过来了？"

小周过来拉了我一下，说："这是我们村孩子，今天这事就算了。"小平头不买账，回道："小周凭什么你说什么就是什么。"小周拉着小平头去了另一边，说了几句，小平头就喊了一句："撤了。"人随之散了。那时候我还没来得及产生感恩的情绪，恐惧的心情依旧牢牢地环绕着我的内心，我看看其他五个人，他们也都面带惶恐地尴尬地笑着。

小周过来咧着嘴笑，进而说："你们几个别再惹事，好好考试，考完赶紧回家。"

紧张的氛围散去后，我这才想起来，这个人是我们村那个高我好几届的好学生小周。他站在我们面前，声音洪亮，气定神闲地说："没什么事了，能摆平，我就先走了。"

我们说，要不要一起吃个饭。他说不了，还有事。

他走了十多步，又走回来，拉我到一边叮嘱我回去千万别给人提这事。

吃完饭后,我就问小发这咋回事。

小发告诉我,那个要钱的小平头是这边混混里的大哥,手里出过人命,这几天小心一些,小平头可能不会找茬了,但是刚开始惹事那三个人有可能重新找到我们挑事儿。小发还告诉我,他们这些人习惯晚上躲在排水沟里面,趁人不注意时出来抢东西,因为川镇地势低降水量又多,排水沟挖得都很深。他说,他先去看看,要是安全了,就来喊我,这群人不好惹,随便就拿砖头拍人脑袋,一年内就拍了十多个中学生的脑袋。

那晚我们战战兢兢地回到敬老院,大家都一言不发,静静地躺着,收音机里面放着我们甘肃广播电台最著名的点歌节目,一封一封点歌信读到深夜。

小发还告诉我,小周已经复读了四年,是川镇高中著名的复读生了,一直没考上理想的大学,但他在川镇却成了响当当的人物,混得再厉害的人也都敬他几分,具体什么原因,他也说不上个一二三。

但是在我们村,小周的故事却完全是另一个版本:他早早考上了省城著名的大学,在那里顺风顺水,是村里人每每谈及好孩子时的案例。

第二天,我们走路时不自然地往排水沟那里看,瞻前顾后地走,考完试就回了敬老院,不敢在马路上多逗留一刻。第三天下午,我们返回集镇时我依旧被安排在蓝色的车上,还是第三批次。车在钻过隧道后正打算爬山时,眼前出现了几十只横在公路上的小猪仔,有几只猪在拱路边的黄土。这种黄土寸草不生,颜色都快和老师用的彩色粉笔一样了。一辆康明斯挂车侧翻在路边,两位男士站在那里抽着烟,来回踱步。

杨师傅停下车,走过去打听了一下,然后回到车上说:"我们需要改道从县城那条路回家了,这条路今天是通不了了。"

他掉头后,往录音机里塞进去一张磁带,我们不知道是什么歌,但是节奏很快。车穿过县城的时候,我看到那里人潮涌动,路边全是横七竖八的小摊,那么多的陌生人,他们看上去和川镇的人极其相似。我父亲带我来过几次县城,但那感觉和我现在一个人来肯定是不一样的。两年后,我势必需要到这里考试,需要在这里上学,我看着车窗外的人,心里满是惊慌。

秀枝

1

那天秀枝走了,我们多数人知道她再也不会回来。这其中最有情绪的可能是我。

甚至她的名字以后也要被改掉,当然,连同她的姓氏也一并不复存在。

从此以后,秀枝的名字和姓氏再也连接不到一起。

那天,我蹲在我们家大门后面,硕大的木门被我掩上,同时也把我自己藏进了院子里。我把比我还高的门闩横插上,气哄哄地坐在水泥台子上,感到无所适从。

我懊恼地看着秀枝从我们家门前走过,走向那条驶过长途汽车的公路。

第二天,我拿起我爷爷砍木头的小斧子,砍掉了秀枝种下的那棵树。

我娘觉得我绝情,其实我只是想让自己好过点。

可是那棵柳树在第二年依旧发了芽,到现在依旧结结实实地矗立在我家的门前。

那天,秀枝还是来到我们家门前,对着门说:"我要走了,明年回来的时候还给你带毛桃吃。"

其实她比我还清楚,她再也不会回来了,甚至再也不会和我们产生联系。

2

第一次见到秀枝。

那年我五岁,秀枝六岁。

秀枝是我大娘弟弟家的小女儿,二十年后,估计我大娘已经忘了她还有这么一位侄女吧。

那年我无意中听到大娘给我娘说:"他五娘,我那苦命的侄女今年轮到我养活了,那孩子命苦,来我们这边了,就让你家虎子多带着玩。"我小名叫虎子。

那一晚,我娘给我爹说了秀枝爹妈的事情。

秀枝的爹是先去了的,因为胃癌。秀枝的妈妈,第二天就走了,喝了农药。秀枝的爹妈在我们隔壁的一个镇里,可能是我到目前为止认识的所有人中最恩爱的夫妻。

我大娘常常哭着骂,说:"你们两口子倒是去那边在一起了,可怜这几个长得这么好的孩子。"大娘一旦哭起来就没个头。

秀枝他们那个镇叫川镇,是我们县十九个镇中地势最低的,也是除了县城洛城外最富有的镇,"那边的女孩子美得天上都没有",这句话是我们那边老辈人传下来的。

秀枝姓白。

白秀枝。

秀枝是小女儿,上面还有一个哥哥、一个姐姐。

令所有人感到可惜的是,这三个孩子长得真是好看。

这些好看,全部来自秀枝妈妈的遗传。

三个孩子由我大娘他们兄弟姐妹四个轮流养,这个决策来自大娘的大哥。

三个孩子在一家养,压力太大。

于是这三个孩子一家待一年，一个轮回就是四年。

3

秀枝被轮养的第一年就来到了我大娘家。

那时候的秀枝，已经不像一个小孩子那般腼腆了，她大方得像个大人。

在秀枝要来大娘家的半个月前，我已经接收到了我娘给我的指示，不准我欺负秀枝，一旦看到秀枝被我欺负哭了，就拿我开刀。

我弟弟这时候才三岁，但是他喜欢骑猪，他骑猪的本事是我家和六叔分家的那天发现的。分家那天，爷爷分配好所有东西，大家都帮忙搬，唯一一头黑猪不知道怎么弄。正当我们不知所措时，弟弟被人开玩笑地抱到猪背上，没想到猪就这么驮着他到了新家。

我们家刚分出来没几天，猪圈还没建好，爸爸把我爷爷分给我们家的一头大黑猪用铁链子拴在大门口，妈妈把黑猪洗得很干净。弟弟不喜欢和我玩，他一直把黑猪当作他的忠实朋友，一直围着黑猪转，那头黑猪也不嫌弃我弟弟，彼此很合得来。

我弟弟那段时间经常消失,我们到处找他,因为他太小了,还不知道我们家已经从爷爷家分出来,于是他经常回到爷爷家,睡到原来的房间中。我们给他解释了很多次,我们家已经分出来单过了,他还是理解不了,第二天照旧跑回到爷爷家里去,这样的现象持续了半年,弟弟似乎才明白过来,他有了个新家。

我弟弟就是这时候成为秀枝心目中的大侠的。

秀枝觉得弟弟绝对有某一项神功,上天给了弟弟某种恩赐。

在此后的一年中,秀枝看到弟弟和黑猪,总是充满了敬仰之情,其实她的内心是想着要是自己有这么一种本领该有多好。

上天对秀枝的眷顾估计从这时候也开始了。

几个月后,我家的黑猪跑了出来,追上了在洋槐树下摘洋槐花的秀枝——黑猪只是想吃到秀枝手中的洋槐花。秀枝还是没能跑过这头黑猪,但是这次秀枝如愿以偿地骑上了黑猪,她在村子的巷道里惊叫,惶恐又刺激。

这半年时间中,我和秀枝的最大乐趣就是去我爷爷家找弟弟。弟弟睡觉的地方千变万化,有可能是院子后面的窑洞,有可能是驴吃草的槽中,还有可能在玉米堆中间。

4

　　因为刚分家出来，我的所有玩具还是整理好的，我已经准备好以饱满的热情迎接秀枝。似乎我们家族的所有人都拿出了自己的热心肠用于关爱这个孩子，热心到让人都有点吃醋了。

　　秀枝到来的那天，正是榆钱树长得茂盛的时刻。

　　我看到她跟在一堆人的身后，穿着裙子，又落寞又好奇。我看了她好久，她就在那么一刻回头看了看我。

　　秀枝来到大娘家前一个星期都没有出门。我们好几家做了好吃的，本来是打算请她来家里吃的，但接到大娘的消息说秀枝不出门，我们就把好吃的端到大娘家里去。这件事情我特愿意干，我对秀枝充满了好奇。

　　我把我家的送去，还去送我二娘、三娘、四娘家的。

　　一个星期后，我看到秀枝在我大娘家门前溜达，她终于出门了。

　　我把她当成一只容易受惊吓的鸟，怕她看到我就躲起来，我想着先让她多遛遛，万一被我惊着了呢。

5

秀枝后来的反差让我们大家都很诧异。

内向沉默的一个女孩子转瞬间变得热情奔放、聪明大方,甚至有点她这个年纪不应该有的精明能干。

几家人下地干活,家里的家畜和鸡鸭都没人喂,秀枝全部搞定。

秀枝还养了一窝兔子。兔子不断生小兔子,一只大兔子拿到街上能卖二十元。

秀枝还捡杏仁,一个夏天,她捡到二十多斤,卖了一百元。

秀枝还去树林子摘野桃,一个夏天,她摘一百斤,卖了两百多元。

秀枝还挖草药,一月能卖五十多元。

于是,我们家的几个姐姐都开始被人各种奚落,因为秀枝实在太优秀,其他的女孩和她比太差劲。

我像个跟屁虫,一天到晚跟着她,给她帮忙。

秀枝很乐观,她从来都是笑着的。

整整一年时间,从来没出现过大娘担心的问题——怕她偷偷跑回家。

中秋节的时候,是他们三个孩子一年见一次的时间,于是这一年,他们三个在大娘家团聚了。

6

秀枝很勇敢地投入生活,很努力地在大娘家里做事。

但是我看到她在树林子里偷偷哭过。她让我不要给家里人说,但我回家告诉过娘。

秀枝最会打扮自己,穿得颜色鲜亮,干干净净。我的其他叔伯家的女孩子都土头灰脸,于是秀枝从刚来大娘家时的广受同情,到下半年时被小孩子们视为同仇敌忾的对象。有几个小孩和她过不去,偷过她的兔子,踩烂过她种的白菜,她都不过问。其他小孩越针对秀枝,秀枝就越和我走得近。我收到过大我一岁的三哥的威胁,说再和秀枝玩,等上了学,他就在学校收拾我。

秀枝的不抵抗,让其他几个想找事的小孩都很没有成就感。

秀枝依旧阳光灿烂着。

这一年很快就这样过去了，过完春节，三月桃花起，秀枝要走了。那天晴空万里，没有任何理由留下秀枝。

临走时，秀枝给我送来一块自己绣的手绢。

秀枝走后，我娘就盘算着，把秀枝说给我当媳妇儿，还去问了我大娘。大娘说秀枝现在的婚事得她大哥说了算，因为现在秀枝要上小学了，所有的学费是大娘的大哥出的。

7

这一年，我也想上学。麦收后，地里的昆虫都收起了嚣张的气焰，没有庄稼的掩体，它们各归各洞。这个世界安静啦。

村学的门不久后要打开了，一个暑假即将过去。

我想上学，我去给爷爷说，爷爷干过村干部，有威望，他答应了我。

去学校，见老师，老师说我年纪还差一岁，得明年再来。爷爷还在周旋，我已经失望，于是自己溜走了。

结果还是没上成学。

秀枝这一年在南镇上学,从大娘的口中,我听到一些关于她的消息。

8

时间流转,草木枯荣,人生就是这么一个大俗套。

四年时间过去,我三年级,秀枝四年级。

那一年,我第一次考了两个一百,全班第一。村学奖励我一个笔记本,学区奖励我一个笔记本,我爷爷奖励我一个笔记本,我爸爸奖励我一个笔记本,哎,全是笔记本。

这些都不重要,重要的是我发育得很良好,咳,这个也不重要,重要的是我给我弟弟写作业,被校长知道了,找到我家里来了。为什么给他写作业,因为他不交作业,中午就没饭吃,饿得肚子疼。

我弟弟这一年提前上学,这是我爸爸请校长到我家里喝了一顿大酒办成的。

我弟弟这一年也成为我们全村最牛的小孩,谁都拿他没办法。

早上把他送到学校,妈妈看着他走进教室后才转身走掉。弟弟看到妈妈走掉后,拿上书包,走出教室,潇潇洒洒就出了学校。老师问他干什么去,他说出去走走,心情不好,老师这时候已经笑得肚子疼了,没顾上管他。转眼间,他就不见了。

如此反复好几次,校长知道了这小子的问题。看到他进学校门,就锁上大门,但是弟弟发现了学校后门的排水洞,校长只能眼睁睁看着弟弟从那里钻出去,钻出去的那一刻,上课铃就响了,校长的绝望来自于自己还有公务,没时间和这小子斗。

弟弟的传说很快就广为传颂,传到了好几所小学,秀枝就知道了。

9

秀枝再一次轮养到大娘家后,第一件事情就是跑我家里看被传成神的弟弟。

她看着坐在台子上的弟弟说,我早就发现这个小孩不一般啊,然后哈哈大笑不止。

四年级的女孩子都是这么讨厌吗,我当时想。

秀枝转学到我们村上四年级。

三个月后,大娘来我家聊,说她大哥找到收养秀枝的人家了,家境很好,在县城,是国家干部。

一个月后,秀枝要走。

秀枝要被送走。知道这个消息后的秀枝变了,变得懒惰无比,脏乱不堪,甚至都招人嫌弃了。

就在这个时候,我和她一起从学校种剩下的树苗中偷了两棵,拿回来种在我家门前。平生第一次占用公家资源啊,这棵公家资源,现在还在茁壮成长。

一个月后,秀枝走了。这天,天空依旧晴朗,我们也生平第一次看到了小轿车。

秀枝的养父养母衣着得体,相貌平庸,吃得肥头大耳。

秀枝要去县里上学了,那里的孩子穿着洋气,那里的孩子用的文具漂亮,那里的孩子下雨天脚上没泥,娘是这么说的。娘对我说,你要好好学习呀,秀枝以后是要上一中的,你去一中才能又和她上一所学校呀。

一中是个什么东西,我完全没有概念。

上天对秀枝的眷顾似乎这时候就结束了。

10

白云苍狗。

我还上了个六年级,比秀枝又低了一级。

在小米粥、白面馍的浇灌下,我发育完备,来了第一次梦遗。

有好多年没见到秀枝了。她建造的兔子窝还在菜园子的墙根下,这些年未曾有人动过。

有些好姑娘,就是被命运给糟蹋了。

包括秀枝。

长大了的秀枝和他们后来的那个家是那么格格不入。

甚至她的作业本上,依旧写着:白秀枝。

她的养父给她的新名字只出现在户口本、学籍档案处,还有养父养母的口中。除此以外,秀枝在这个世界上的代号还是白秀枝。

11

秀枝逃学了,不知所踪。

这是从大娘口中听到的最劲爆的一个消息,一个多月所有人都找不到秀枝,最后打听到秀枝跟夜市几个混混去了宁夏。她的养父通过各种追踪,请警察把她找了回来。

安静的半年过去了。

秀枝和他们的一个年轻男老师搞到一起了,她才初中啊,怎么会这样,她到底怎么了?

一时间流言四起,这个消息连我们学校的学生都知道了。

年轻的老师被放到乡下的学校,而秀枝休学一年。

再后来秀枝跟着那个男老师私奔了,秀枝还拿了养父母家里一万元。一整年找不到他们,他们是被弄死在外面了,还是被传销组织给扣押了,所有人都在猜测着。

这时候的秀枝,已经成为典型的反面例子了。谁都拿秀枝来教育自家孩子,像当年把秀枝当正面教材一样。

一年后,秀枝回来了。回来的是怀孕了的秀枝,那个男老师不见踪迹。

养父母给她转学到另一所学校,秀枝继续上学。

人们都苦口婆心劝她,不要再折腾了,再折腾,这一辈子就毁掉了。

后来,在她所在的学校,两个男生因为秀枝,动刀了,一个捅死了另一个。死了的男孩家长每天在校门口堵秀枝,各种谩骂和侮辱。

终于的终于,秀枝退学了。

终于的终于,秀枝的养父养母决定送还秀枝。

终于的终于,秀枝又叫回了秀枝。

终于的终于,秀枝几乎不去任何亲戚家走动了,在自己的老家,在死去的爹妈留下的房子和几十亩地中开始自己的新生活。

秀枝把自己藏在时间中,开始沉湎于过去,沉溺于光阴。

后来没有一个人再次说起过秀枝的变化,大家都刻意忽略了那个让秀枝发生变化的凶手。

无从谈起,也惧怕谈起。

再后来,唯一确凿的消息就是秀枝把自己嫁出去了,没有亲戚去参加婚礼,秀枝的哥哥和姐姐也没有去。我希望那一天也晴空万里,不要有任何理由阻碍秀枝。

12

有些人，这辈子好像再也没有见过一样。

二〇一二年九月，我按照自己的意愿，回老家办一场我们那里延续了几百年的老式婚礼，这和我小时候第一次见到秀枝时想给她的婚礼一样，我妻子也满足了我这个奢望。

汽车到达县城，我让妻子在车站等我，然后我跑到高中三年我每天去买早餐的那个西点店里，买了两根面包粉做的油条，带回家给我八十多岁的奶奶。上高中时我住校，每星期回家给她带这个吃，现在她吃得没以前多，但是还愿意闻闻这个味。

我问："多少钱呀？"

老板说："八元。"

我心里暗暗感叹，我上高中的时候一个才一元。

然后听见站在我旁边的女士说："老板能不能给我再加两个，这十元钱，就这么点太少了。"

这样的请求，我从小听到大，是我们那里人固有的一种交易的模式。

我并没有多想，只是转头看了她一眼。

她竟然是秀枝。

我看着她,她好像更瘦小了,瘦小到很单薄,脸上多了一些倦容。她没有认出我来。

距离第一次见到秀枝,已经过去二十四年了。

多银

1

小时候，一到下雨或者下雪天，我就早早穿好衣服，站在我们家门前，等着多银。

多银每次进我们家门时，会摸摸我的头，然后给我一大包吃的。

第一次吃到蚕豆，第一次吃到大米花，都是在多银那里。

多银走进我爹的屋子就会问："婶子呢？"

看到我娘，就会扔给我娘一只大而肥的兔子，再加一只野鸡，还有从冰冻的野地里挖出来的各种奇异玩意，说："婶子，今天人多，辛苦你了。"

我娘会假装生气地说:"我天生就是伺候你们的命。"

这时候,多银会苦笑一下,看看我爹,然后从大衣口袋里拿出一条围巾说:"婶子,这可是跑长途车的人从南方带来的。"

我娘立马眉开眼笑,满足地去厨房张罗。

多银会搬出我家的大桌子,展开放到堂亭中,拿起一个大布口袋,站得直直的,往下倒,一桌子下酒料就哗啦啦地铺满了整张桌子。

我这时候就蹲下去帮忙捡掉在地上的东西。

每次多银都知道他那么倒很多会掉在地上,但还是倒得有滋有味,气势如虹,尽情尽兴。

作为报酬,他会给我几样捡起来的东西,那些都是大人们吃的玩意,他给我的时候会看一眼爹,得到爹的默许。

我爹是多银上一辈的村王,不过他是个文艺的村王,带领村子的穷小子、傻姑娘搞秦腔剧团,到处骗吃骗喝,带领大家学木匠,带领大家做毛毡匠,自己跑省书店手抄唐诗宋词元曲加戏谱脸谱回到村里给村里人抄。

现在村王换成了多银,多银是流氓风格的村王。

两位村王一到不能干活的天气,就找借口攒人头喝大酒。

不一会儿,我家里就会坐满十几号人,开始一整天的吵吵嚷嚷。

到了晚上,他们不散伙时,我娘会去挨个通知他们的老婆,老婆只要一来,他们就会灰头土脸地乖乖回家。

这其中就是没有人来牵走多银。

2

多银的标准配置是一把猎枪,一顶火车头帽子,一件军绿色大衣,一双自制羊皮靴子。

多银天天钻地洞,刨各种窝。半夜只要一听见枪响,全村的人都知道,多银又在造孽了。

多银小时候是最为非作歹的孩子。

半夜偷人家鸡仔,把小孩子养的兔子偷去吃了,要不就钻到人家地窖里面偷过冬的蔬菜。

他经常被村里人打得鼻青脸肿,但是从来不还手。

多银被打的时候也认错,因为他没爹妈,人都可怜他,教训一下就算了,也没人来真格的。

多银有三个哥,大哥是村支书。三个哥都成了家,单过。没人照料这小子，于是多银就自己长成了那个样子。

多银十五六岁的时候已经无法无天了。

那时候他看到桑树上结的桑葚成熟了，不论谁家的，他全部都会摘掉。

他看到苹果树上的苹果没成熟，他就全部打掉，不让继续长。

他看到菜园子种着韭菜，就拔掉，把菜园子毁得一塌糊涂。

那时候，他不再是调皮捣蛋了，他变成了浑蛋。

谁家的牲畜死了，拉到野外埋了，他都会刨出来，炖熟了，自己吃。还把他吃了你家死了的牲畜这件事告诉你。

多银比我们大十多岁，和他一样大的孩子要么外出打工，要么成家立业，就多银每天不务正业，干尽坏事，村里人恨他恨得牙痒痒，恨不得给他来几包耗子药毒死他。

最严重的时候，多银走在村道上都没人和他说话，看到他都背过脸。

多银不知道什么时间买了两个小猪崽，他用架子车拉了十几趟砖，砌起来一个猪圈。一架子车红砖，平常没有四个人是拉不动的，多银的人缘差到极致，他就一个人使劲地拉了十几趟。那一天，我们看到他光着膀子，头发上挂着汗珠，一步一步地走着，每一步像是要把脚都踩到土里去，只有一些小孩子嬉闹着给他帮一把，但有些还是在捣乱，拼了命往后拽。

大约四个月后,多银的猪长得很大,收猪的给他每头四百元。第二天要来拉走。

然后,多银的两头猪就死了。

猪口吐白沫,死的时候叫声响彻云霄。

猪是被毒死的。

多银看着两头痛苦死去的猪,对着围看的村民说:"你们谁干的,不站出来,我查到了,用枪打死你们全家。"

3

事情过去一年,多银没有查出他的猪是谁给药死的。

他跟着外地来养蜂的人学会了一门手艺,叫架子工。

他每天给养蜂的人提供自己种的玉米棒子和南瓜,由此换来了一门手艺。

架子工说小了能搭帐篷,说大了能架高台。

多银借着他大哥和镇政府的一些资源,他开始有活干了。

他的那两头猪的尸体放在距离我们村最近一个土坳中间,我们每次路过,都看到那两头猪的骨骸,没人敢埋掉。

那两头猪的骨骸时刻提醒着大家,多银还有一个大仇未报。

这一年,镇里请来了外地的马戏团。整个马戏团的戏台子都叫多银承包了,架了整整三天,多银完成了自己的第一项大型工程。

他还是觉得不过瘾。

于是多银又在观众席的位置为自己搭建了一个"宝座",这个宝座高达三米,矗立于空旷的戏台上,我们镇的这个能容纳两万人的最大的戏场,即将迎来它最鼎盛的时刻。

那时候的马戏团,脱衣舞正在流行,四元钱门票,可以看到各种人和蛇的表演,还有各种在城市中俗不可耐,在乡村却刚流行的表演。

人实在是太多了,多银爬到自己搭建的宝座上面,点一支烟,坐在那里看着自己布置的这一切。这一刻,他多想有个女人啊。

"你能让我也坐到上面去吗?"

女人,对,是女人的声音。

多银低下头,看到一个女人。这个女人叫小车,小车的哥哥叫风车,风车是全镇最有名的杀人犯,现在还在监狱里。

谁也不敢碰小车。谁要碰了小车,风车出来后就捅死谁。

多银想到了这个警告。

但是多银这时候多么想要个女人呀。

多银还是把小车拉到了自己的宝座上。

小车和多银坐在那个高达三米的宝座上,看着底下的人群,看着戏台子上外地少女们各种挑逗性的表演。

多银把手从小车上衣的第三个扣子中间伸了进去。

小车竟然没反抗,依旧认真地看着戏台子上的表演。

多银很顺利地解掉了小车的内衣,两只手都放了进去。

多银获得了一双谁也不敢触碰的乳房,他觉得这个世界都是他的了。

这时候,有人看到,多银解掉了小车的内衣,把内衣扔了下来。

再接着,多银把自己的头伸进了小车的上衣中。

再接着,大家看到多银脱掉了小车的外衣,扔了下来。

多银抱着上身裸露的小车,在高达三米的高架上,各种疯狂。

马戏团的表演基本上没人看了,马戏团的人站在台子上目瞪口呆地看着这二位的表演,大家都大气不出地看着多银和小车,他俩像两只白色的鸽子,在空中那么投入地咬着嘴,多银用他的两只手,换着方向揉搓着小车的身体。

这瞬间,有人拿铁锹砍了一下多银搭起的宝座,一下,两下,三下,所有人都看到小车的父亲在下面猛烈地泣血般砍着。

于是,尖叫声迭起。

人们开始往外面跑,这个架子倒下来能压死人。

我们镇唯一一次集体性踩踏事件就在这时发生了,最后的结果是死了三个,伤了几百个,我们村还有几个姑娘被踩残废了,到四十多岁还未嫁出去。

至于多银和小车,都完好无损。

4

多银的声名从我们村传到了全镇。

于是,多银开始等待着风车来找他算账的那一天。风车出狱的日子将近,所以对于多银来说,每天的等待既烦躁又苦闷。

我们县正在批量地换电线和电线杆,电线杆从长方体全部要换成圆柱体,并且加高高度,因此全县大规模停电三个月。

刚开播的《天蚕再变》播出了几集,就没电了。

小孩子们都盼望着通电的那一天。

多银因为会架子工,又能上电杆,所以他接到了撤掉我们镇中五个村子电线的工作。

每天由镇政府管饭吃并且穿上电工服、戴上安全帽,腰里挂着脚扣的多银,摇身一变成为了大家眼中的"公家人"。

但是,三个月后多银被派出所绑在院子中间的树桩上,绑了整整一天一夜,派出所的人威胁多银说要是不交出被他搞丢的几吨电线,就要把他交给县公安局。

次日,我们站在村口的马路上,迎着朝阳,看到村子里的人熙熙攘攘地从自己家出来,会合到一起,每个人都扛着三到四捆不等的电线,聚到一起后,往派出所走。

这次事件是奠定多银在我们村霸主地位的导火线。

铁丝和钢丝在农村使用很广泛,大家动不动就要用到。

多银干完活儿后,从电线杆子上下来,看到那么多线没人管,他觉得随便给谁家的后院子扔一捆下去多好。

多银开始了第一次,他把一捆线扔到了一个人家的后院,后院里发出砰的一响,一捆铁丝打着转绕了几圈然后落地,看到这个情形,多银想起自己玩过的滚铁环。

他试了一次又一次。

这一晚,他共计往村民的后院扔下去了五十多捆,扔到最后已经没力气了。

第二天,多银觉得那种玩法已经腻了,他更喜欢偷偷把电线放到人们不知道的地方,看到人们发现这些电线时的意外欣喜,多银觉得这种感觉会更上瘾。

于是在多数人下地的时候，多银偷偷地将一捆一捆的电线放到每户人家里最隐蔽的地方。

那时候我就在我家的农具房中找到了好几捆电线。

多银不厌其烦地玩着这个游戏。

他一旦听到有人在偷偷议论自己家多了几捆电线的时候，心里有一种不可言说的窃喜，觉得这种游戏比搞破坏还有趣，简直乐趣无穷。

5

派出所追缴上来丢失的电线后，放了多银。

大家前呼后拥地把多银护送回家。

多银丢掉了一份美差，继续变回到以前的状态，靠打猎为生。

几日后，多银发明了烤馍机。

这是我们村子历史上第一项发明。

泥墩子垒起来的大火炉，大得好像一头牛。多银把这个泥墩子制的火炉子做成牛的形象，在牛的肚子里面生上炭火，烟囱放到牛嘴处。

多银拿出了自己收集多年的铝质品，跑到县城去打造出了一个直径五十厘米，高度十厘米的有盖平底锅，锅身很厚，导热极其均匀。

烤出第一只大馍之前，大家都还在犹豫，这玩意到底好不好使。

第一只大馍出炉后，香气四溢，那场景估计我们村见过的人都会记一辈子。

那时候冬天已到，多银的炉子在一个冬季都没有熄过火，甚至几十米远都能感受到这个大炉子的温度。

这一年，大炉子周围排起了长队，摆上了象棋摊，外出打工的年轻人回来后到这里打牌，爆米花的商客和货郎都来这里支摊。

每家拿上面、鸡蛋还有十颗炭，就可以在多银的大炉子中烤出五只大馍。

从来没有人发现馍可以这样烤出来，简直太好吃了。

那一年，多银解放了我们村妇女们大冬天还要在冰冷的厨房忙活的双手，大家都流行吃这种馍。

还有人不断研发，用其他油、其他料、其他面，各种尝试。

全村人似乎一下子就忘记那个曾经被他们恨到骨子里的多银，

开始接纳了这个小伙子。

多银由此自建了一支打猎的队伍,晚上烤馍,白天打猎。

日子过得不亦乐乎。

6

春天撬开大家眼皮的时候,多银的炉子被砸了。

留下一张大白布条,上面用猪血写着五个大字,风车回来了。

风车开着手扶拖拉机,后面跟着十辆时风农用车,浩浩荡荡开进我们村里。

我们村的人把铁锹、斧头、耙子扛起来,聚到多银家门前。

风车带来了三十多人,我们村有一百多人,两伙人准备开始一场大战。

我们做好了随时冲上去的准备。

风车下车后,径直走到多银前面,多银举起自己的猎枪。

风车丝毫不惧,一把就夺了下来。

风车上前几个大拳头,多银就趴在地上开始大口喘气了。

这时候，风车的人未动，我们也未动。

风车大喊，让多银大哥出来。多银大哥出来后，风车说："明天，你们把我妹子娶走，不娶走，我要了你们的命。"

风车走的时候，留下一辆崭新的时风农用车，是风车给自己妹子的嫁妆。

小车嫁到我们村后，开始和多银做起了蔬菜生意，因为他们有动力车，从县城进蔬菜回来到我们村里卖，能挣不少钱。

他们经常是一大早去县里，晚上天黑了就回来。

村道没有路灯，我们那里的天黑得可怕，伸手不见五指。

村民们都是用架子车往回拉农作物。

多银只要看到前面有村民在拉东西，他就挂上最低挡，把油门踩到底，发动机震天响，车灯就无比敞亮，能照到前面几十米。

大家都给多银说："你赶紧走吧，跑我们后面，多费油啊。"

多银还是依旧把车灯开到最亮，照耀着前面的路，让村民们把路看得更清楚，走得更放心点。

7

小车很快生了一儿一女。

多银卖力干活,认真上进,家里日子过得滋润,看样子这一辈子就这么过下去了。

有一天小车突然得病,早上起来发现双腿无力,不听自己使唤。

多银开始给小车看病。

从小医院到大医院。

从普通大夫到知名大夫。

从省城到北京。

从西医到中医。

从官方医生到民间术士。

从麻衣神相到神婆秘方。

这一圈下来,家里的几间房子都卖了,地也荒了。但是小车的腿还是没能恢复过来。

多银开始找各种营生,建筑工地上的工人、罐头厂里面的工人、药厂里的工人……但是多银又要照顾小车,常常是工厂家里两头跑，过不了几天就被开除。

苦于无奈之际，政府在街道里筹划了商业区，给每个村的残疾人一个商铺的名额，我们村通过全体投票，把名额给了小车。

小车的商铺在车站附近，村里人来回坐车寄存东西，下雨天避雨，上车前喝点热水都在这里。

小车人长得周正，服务也周到，再加上前些年小有名气，所以生意很不错。

多银开始开公交车了，开了一年，服务周到，表现良好。

在最近一届村委会选举大会上，多银当选我们村的村主任，从此民间村王站上台面。

多银当上村主任后，我们村拿到了唯一一条我们镇硬化村道的指标，又拿到了我们镇唯一一次新农村建设的指标。

多银为我们村争取来了十个养鸡场、两个养猪场。

其他村的人看到我们村建设得那么好，都说出一句话："看人家那村主任是人中王，再看看我们村主任，就是个窝囊废。"

多银一到下雨天或者下雪天还是会来我们家，带上一堆吃的，这时候门口没有了我，没人剥削他的下酒料，桌子上还是摆满了好吃的，多银依旧是他一贯的标准配置：一把猎枪，一顶火车头帽子，一件军绿色大衣，一双自制羊皮靴子。

鱼叔

鱼叔本名不详，他当过汽车兵这是确定的，常年穿着旧军装。他身高两米，这在那个年代是个稀罕事，他那一辈人大都短吃短喝，大高个子不常见。

鱼叔是以饭量奇好的名声受到我们晚辈关注的。听说他每晚都要吃一碗大肥肉，而且是干吃，不配其他菜，每晚必吃，不吃晚上就会失眠，第二天起不来床，吃不到肉就会揍老婆，还会把女儿吓哭。

我和他女儿同班，所以我常常看到下午放学后，他女儿匆匆往家跑，这时我就知道她肯定回家去给她爸爸做肉去了。有一次我和她一起值日，我说，我来做吧，你赶紧回家给你爹做肉去。她看了我一眼，啥也没说就急匆匆捡上书包跑了，她跑起来屁股呼呼闪，我猜她肯定偷吃了她爹的肉。

  我没见过鱼叔吃肉，但听我大哥说过。大哥和鱼叔一起出外打过工，他说鱼叔吃起肉来不换气，而且只用一根筷子。他一筷子扎进碗里，把碗里的大肉片扎成一串，单手拿起来仰着脖子吃，嚼得仔细，油从嘴角流到肚子上也不擦，一直到吃完后再喝一大口井水，打一个饱嗝才算完。

  鱼叔的力气大我是亲眼见了的，一辆载着几百个麦捆子的时风农用车卡在水沟里了，鱼叔走过去，仅仅用肩膀抵着就把车推出了水沟。还有很多看似难的事，他只要上一只巴掌就能搞定，鱼叔可是我们村最后的防线啊：有困难找鱼叔。

  有一次鱼叔老婆坐在家门口擦眼泪，听说是那天忘了挑凉井水回来，被鱼叔给打哭了。我们觉得他老婆真可怜啊，但你怎么可以忘了给鱼叔打井水呢，让他吃不好你就活该被打啊，让他没有享受到，你就活该坐在这里哭啊，谁也不会同情你的，鱼叔是什么人，他可是我们的偶像啊。

  后来在二宝娶媳妇那次，鱼叔又创造了奇迹。那次有人挑衅他说，你吃肉可以，吃面估计不行吧。鱼叔立马激动地跳起来，和挑衅的人说，可以试试，吃过十碗，你就喝一脸盆白水怎么样？

  本地有种面叫"长面"，一碗只有一筷子面，一筷子捞起来，一口吸溜下肚子去，这种吃法在红白事上常见，也是本地人招待贵客的常见物。面细且长，配酸汤，汤主要由醋配上其他佐料而成，上面飘一簇炝炒绿韭菜提香，吃时只吃面不喝汤，一般人三碗就饱，这一回鱼叔一口气吃了十七碗，到最后还接着吃了一筷子肉。

这个纪录保持了五年时间，成了每次红白事最后一个保留节目，也给大家增加了不少乐趣。我一直盼望见识见识那场面，每次有人见过鱼叔吃面就会在学校里讲，讲的时候小伙伴们不管之前听没听过，照样还是很喜欢听。这故事在下雨天讲、在下雪天讲、在三伏天讲、也在四九寒天讲，还会顺道讲一些细节和技巧，这让我十分羡慕，我做梦经常会梦到鱼叔眼前摆着几十只碗，白茫茫一片。

事情出现了反转——就在村里的一个闺女出嫁后，鱼叔这个神话就被打破了。

鱼叔是村里的名人，在镇里也是名人了，常常被请去作为娘家人出席我村女子的出嫁仪式，跟车一起去婆家壮声势，女子有面子，婆家人也高兴啊。但听说那一次鱼叔在马家庄吃面没有吃过这个新女婿，回来后有点不高兴了，于是之后他的食欲大减。

嫁出的女子是村里一等一的好女子——大雀。

我们都好奇她嫁了个什么人。

出嫁前只听大雀自己说过，那男的会写毛笔字，这倒是符合了我们内心的预期值，我们总是觉得大雀要嫁也得嫁个有意思的种，还必须是个强种才行。

　　大雀这女子针线、吃食、农活样样都行，里外都是好手。她身材苗条，嘴皮子利索，就是脸上麻子太多，她又是家中老大，所以我们喊她"大雀"。大雀的父亲除了养花养得好以外，养马的手艺也响亮，刻人名章也玩得花样活，因此她父亲在村子里也是个人物。

　　父亲偏爱小儿子，小儿子天生心狠手辣，虽然泼皮但能驯服牲畜，不听话的牲畜直接给拴起来，鞭打四个小时，全村的牲畜见了他都畏惧，我亲眼看见他把自己家的一头骡子打哭了。

　　大雀是家里的第一个孩子，老二是男娃，天生是个瘸子，身材矮小，但是记性好，在外面混了几年，得贵人相助，成了城里企业的会计。老三也是男娃，但是个书呆子，屁也放不响那种，考了好多年中专，死活考不上，后来索性在家里养鸡卖鸡蛋，功夫到了也把自己包装成了城里人。

　　听说大雀要回门了，我们村的规矩就是要挨家挨户招待新女婿，新女婿得到每家每户去吃饭，还得吃饱，不吃不行，不吃就是不给面子，不吃就是瞧不起人，关系越近的吃得越开心。

　　于是就有人说，这新女婿啊饭量太大了，把我们鱼叔都打败了，那次和鱼叔比赛啊，他吃了二十碗，鱼叔才吃了十六碗。再说了，大雀的女婿啊得招待好了，可得让他多疼我们的大雀，大雀在我们村那可是掌上明珠,不能叫他们马家庄的人给看轻了。

我们每家每户就开始筹备,女人们带着面粉去面坊里压面条,假如吃个三四碗,手擀就能搞定,但这一下子吃十几碗的量,那就得上机器了。能帮上忙的婆婆们都去园子里割韭菜,能打醋的小娃就甩着瓶子去商店里买醋。有的为了保险起见还去鱼叔家里请教,听说鱼叔最后生气了,让他女儿把院子大门关了,还有人站在门外面问,新女婿到底有多能吃啊,下几碗长面够他吃啊,下多了吃不完,下少了显得小气,这可难住人了。

晚上的时候,我父亲就让我去找大雀爹拿号,看看新女婿到我们家是排到哪一天的第几顿饭了。我跑到大雀家,看见满院子的人,我钻过空子,溜到大雀父亲面前,我喊:"我是俊昌家的娃,我们家排在第几号啊?"

大雀爹特喜欢我,喊我大头,他们家的那棵桑树结的果儿,每年我都是第一个吃。大雀爹说:"哎哟,大头,你都会喊你爹的名字了?"我说:"那当然,我还会写呢。"他说:"你也是个种。"我问:"我们家排第几天第几顿饭?"

大雀爹说:"你们家排第三天第三顿饭,就是下午三点那顿。"我说:"行,我回家给我爹说一声。"他说:"两点让你娘开始烧水就行啊。"我说:"知道了。"我转头正打算要走,才想起了我爹交待过我问问怎么认这新女婿。

我才问:"怎么认新女婿?"

大雀爹说:"他是个矮子。"

我问:"那有多矮啊?"

大雀爹说:"就像你家老母牛刚下出来的牛犊子那般高。"

我回家给我娘说:"新女婿和我们家牛犊子那么高哦,走进咱们家门时你一看就认识了呀。"

我娘说:"大雀为什么嫁这么个人呢?"

我爹说:"听说新女婿会带着大雀去大城市呀,新女婿能在玻璃上画出大牡丹,再写上好看的毛笔字,这手艺可值钱着呢。"

新女婿吃完第一家的时候,消息就传开了,他吃了十碗,饭量确实好。

吃完第一家后新女婿回去大雀家歇息一个小时接着吃第二家。

第二家吃完后,我们都站在自己家门口等消息,最后第二家的人说吃了十一碗。

吃第四家的时候正好晚饭,新女婿吃了十四碗。

大雀回门第一天结束的时候,大家心里都有数了,光这一天,新女婿就吃了六十碗面,这个矮子真的很能吃。

第二天,新女婿早上九点就去了第一家,依旧吃了十碗。我们这才安心了,看来第二天和第一天一样了。

第三天的第三顿在我们家吃完了,他从椅子上站起来对我爹说:"我歇息下去,晚上要去鱼叔家吃。"

新女婿说,鱼叔家这顿不好吃,吃多了自己受不了,吃少了鱼叔又生气,不知道如何是好,他打算回去和他老丈人商量下。

我爹说,那是得好好商量下,这是个大事。

我爹喊我送送新女婿,我就带着新女婿往大雀家去了。

一路上我走在他前面,三步一回头,我看他,他也看我,我看他比我家牛犊子要壮一些,我家那个牛犊子被母牛舔得像长了毛的骨头架子。

他问我:"你能吃几碗面?"

我说:"三碗,但我喜欢喝汤,我会把汤喝了。"

他说:"汤可千万不能喝,喝了汤,十碗面都吃不到。"

我说:"那喝水呢?"

他说:"我三天都没喝一口水了。"

我说:"你可真能吃啊,你吃面时不说话?"

他说:"不能说话,说话就胀气了。"

我说:"你多大开始这么能吃的?"

他说:"就上次。"

我问:"哪次?"

他说:"就结婚那次。"

我说:"那就奇怪了,你都能吃过鱼叔,反正厉害了。"

他说:"是老丈人让吃过鱼叔的。"

我说:"大雀爹?"

他说:"你看着人,我去上个茅厕。"

我说:"为啥要看人?"

他说:"你帮我看着,我出来给你去小卖铺买日本豆吃。"

我说:"行,我喜欢吃日本豆。"

他出来时眼泪汪汪的,像喝醉了。

我说:"你吐了?"

他没说话。

我说:"你把吃的面都吐了。你把我们村子的心意都吐了。"

他说:"我实在吃不了了。"

我说:"你不是个好人。"

他说:"你吃饱了还想吃东西吗?"

我说:"那得看是什么?"

他说:"吃三碗面吃饱了,再接着吃。"

我说:"不想吃,那样我会吐的。"

他说:"你看,咱们都一样。"

我说:"那你为什么吃那么多?"

他说:"还是不说了,跟你说不清。"

我把他送到大雀家门口,我说:"你欠我日本豆。"

他说:"日本豆七元钱,我给你十元。"

他递过来十元钱,像给菩萨递三支香一样,充满敬意。

我觉得他有点可怜,我说:"你放心吧。"

当天晚上,我们都站在村道里等新女婿从鱼叔家出来。

这顿饭持续了两个小时,鱼叔最后把新女婿送出了家门口,有人上去问:"吃了多少碗?"

鱼叔说:"吃了好多碗。"

新女婿说:"吃了好多碗啊。"

到底是吃了多少碗啊?

新女婿摇摇头,说:"吃得太饱了,吃得太好了,回家睡觉了。"

我看着新女婿背着手,梳着大背头,腰杆挺直,往大雀家走了,走得春风得意,走得美滋滋的。

后来几天,我都在鱼叔女儿那里问:"到底吃了几碗啊?"

我说:"你就告诉我一个人,好不好?"

她说:"不告诉你。"

我说:"我可以给你买日本豆吃。"

她说:"那买两袋?"

我说:"我只有买一袋的钱。"

她说:"那可不行。"

我说:"我外加一个秘密。"

她说:"那好。"

我把新女婿吐了的事情告诉了她,她说她早就知道了,新女婿在她家里坦白的。

她说:"新女婿其实在我家里没吃,一口没吃,全被我爹吃了。"

我说:"新女婿看着你爹吃?"

她说:"是。"

我说:"那吃了多少碗?"

她说:"我爹吃了二十一碗。"

我心里一算,那就是说比大雀结婚那天吃得多。

她说:"我爹又赢回来了。"

我心里一酸,真不容易啊。

我说:"那鱼叔后来还吃肉了没?"

她说:"我爹从来不吃肉,都是他们瞎说的。"

我说:"这怎么可能,他那么有力气。"

她说:"不吃就是不吃。"

这天晚上,我又做梦了,梦见鱼叔的面前摆着一头牛,他用一只筷子插起来,咬得满嘴流油。

之后,我常常做这个梦,梦里的牛换成了猪,换成了羊,有时候换成驴,还换成骡子。

过了几年,听人说新女婿带着大雀迁到城里去了,好几年没人再提及,我就没了他们的消息。

大雀爹不久后就去世了,去世之前把自己养了二十来年的两盆夹竹桃合种在院子中间的花坛里,就像合葬一样。大雀爹一直说他这两棵夹竹桃是一公一母。村里没有人能把夹竹桃养得那么大,都和白杨树那么高了。小儿子在父亲去世后变得更加暴力,把一头骡子活生生给抽死了。那头骡子先是跪在地上,浑身发汗,所有的毛发像被浇了水,随后它开始像机关枪一样突突突地吐,最后垂下脑袋把嘴贴在地上,眼睛里刚开始能看到树枝的倒影,随后倒影散去,消失,骡子的眼睛变成一块黑石,没了镜面,死气沉沉。没过几天小儿子在傍晚时间赶着另一头骡子驮粪,从小路上去,穿过公路到另一边的小路上。骡子在公路上受惊后踹了他一脚,这一脚正踢到了他的肚脐眼,他弯下腰跪在马路上使劲儿憋着疼,那姿势就像一堆驴粪,汽车疾驰而来,没有司机会在意一堆驴粪的,他的一条腿被碾掉了。

大雀娘就坐在她家那棵桑树下说,都是报应,那性子和他爹一样,牲畜迟早要来算账的。

后来,我爹在村里的木匠活干不下去了,他就去城里打工,遇见了大雀。大雀生了一男一女,男娃是个土匪种,打架斗殴,是看守所的常客。女儿是个好娃,考上了大学。我爹还说,当年大雀嫁矮子啊,其实是大雀爹想灭灭鱼叔的威风,大雀爹嫉妒鱼叔的名声,让新女婿一定给他争个面子。这女婿还真有种,最后赢了。

我问我爹:"那新女婿后来干啥呢?"

我爹说:"他发大财了,特别能吃苦,咱们这方圆山里川里沟里去外面打工的人都在他的工程队里挣钱呢。"

后来在异乡的梦里我常常吃面,一吃就吃好多,醒来一点不饿,胃里似填满了石头,像真的在梦里吃饱了一般。

终于在某年四月,我得了一星期假回老家,往村口里走不久便看到鱼叔的女儿在大雀他们家的院子地基上站着,推土机正在把墙一块接一块推倒。

我喊:"哎,你们家买了这块院吗?"

她喊:"你回来了哦,走,去我家老院,我给你下碗面吃。哎吆吆,看你瘦得快和掉毛的驴一样了。"

我喊:"你出来啊,听不见。"

她像个虫子一样蠕出来。

我问:"你们怎么买了这块院子哩。"

她说:"这块院子多好啊,是全村最好的院子。"

我说:"这个院子大,院子外面还有园子,园子外面还有个打麦场,麦场后面还有三个窑。"

她说:"那你看这院子好不好,我觉得这就像外国电视剧里的庄园了。"

我说:"简直太好了呀,以前没发现,大雀爹就是个建筑师啊。"

她说:"你看他之前还把院子设计得曲径通幽呢。"

我打眼望去,院子里的墙真是太多了,看了一圈这才看到那两棵夹竹桃立在院子里,绿叶子上虽然铺着土,但叶子倒是坚挺不垮。

我说:"这院子空了得有五六年了吧,这夹竹桃还活着。"

她没说话,看了夹竹桃一眼,就像看见熟人一般喜悦。

我追问:"你们怎么想起买了这院子?"

她说:"我招的上门女婿,女婿能挣钱,这不觉得老院子太窄,这里又一直空着,就被他看上了。"

我说:"你命好哩。"

她说:"走,去我家吃面,上学时你还借我雨伞呢。"

我说:"其实我小时候一点不喜欢打伞。"

她笑了。

我说:"我先回家,面改天吃啊,回家先拜见下老父老母去。"

她说:"快去快去,看把你孝顺的。"

我微微一笑,走了。

晚上的时候，就听见有人在我家门外喊我名字，我出去一瞧，见她端着一个竹簸箕，簸箕上面用塑料纸遮着。她说："给你压了面，让你娘给你下了吃。"

我接过簸箕，说："真是费你工夫了。"

她说："这有什么，给我爹做的时候顺手带你的，瞅你那一把能捏死的身子，吃也吃不了多少。"

我说："那肯定和鱼叔没法比。要不进来坐一会儿吧。"

她说："带回什么好吃的了吗？给我见识见识，尝尝味道。"

我领她进去坐下，递上一杯水。她朝四周看看，说："你家的房子和我们家的年纪一样大。"

我说："好像建的时候鱼叔还是瓦工呢。"

她说："是的呀，我爹当瓦工那些年盖了不少房子，前些天拆大雀家的时候，我爹也说起来大雀家那个正房上的椽檐子就是他做的，大雀爹当时要内勾，内勾像羊角，我爹当时说内勾风水不好，建议做成外翘，外翘显得洋气，他们俩就是从那时候开始不和的。"

刘
姨

和同事聊天，聊到父母的初恋话题，我就想起这么一个人来，我爸爸的初恋——刘姨。

我妈妈年轻时和我爸爸吵架，基本都会往我爸爸的风流往事上扯，这种事一扯，谁也说不清楚，反正最后道理就被我妈妈拿在手里当核武器用了。

当然，我爸爸肯定心里也觉得这事不是啥好事，不然他为什么总是闭口不言，从来都不作解释。

因为我经常听这些事，所以自己拼凑了一些故事：我爸爸的爱慕者不少，这些爱慕者中还有好几个和我妈是熟识，但那些爱慕者们最终没有一个嫁给我爸爸的。所以我得出来的规律——她们只是在我爸爸最好的时候才勾搭他，过了最好的时候，都选择了更好的人。

我爸爸年轻时长得那叫一个俊,这都是大家公认的。除了长相,我爸还在篮球队里混过,听说那时候有一套球服都能嘚瑟上天了,所以他受到不少的瞩目。这时候我爸就多了几个爱慕者,但应该是普通的爱慕者,因为在我妈妈口中我没听到什么特殊之处。

后来我爸爸仗着自己有点文艺才能,混进了剧团,又受到命运垂青学会了画脸谱,还是全县唯一传人。哪个角儿不想把自己画好看点,一张脸画下来也费些时候,一来二去没点感情的滥糟事那是不可能的,所以他赶上了那时候最招摇的一些团体,被姑娘们宠过,也奠定了他这辈子不喜欢求人办事,不低声下气的"毛病"。

这就说到我爸爸那个初恋了,她现在是我们省里的名角,这十多年我爸爸已经不怎么看秦腔了,我也不见他初恋往我家来了。在他初恋还没成为名角儿之前,一年来我们家三四次。

我妈妈呢,好面子,每次人家来了,都好吃好喝伺候着,人家走的时候什么土豆粉、面、油的都给装车上。但是那初恋一走,我妈妈一秒钟翻脸,嘴里不说,但总能找机会往我爸爸身上撒气。

我爸爸呢,人家一走,就知道迟早会得我妈妈数落,便谄媚地笑啊笑。

刘姨春节肯定是要来我家的,人长得漂亮,又瘦又高,头发也油亮直顺,皮肤随着她从镇到县到省里后也是越来越白,最重要的是她特别会说话,音色好听,穿得也好看。

除了春节,她来演出也是要来的,来的时候大包小包带好多,不落下一个人,大家都有礼物。

我听婶婶们嚼舌头说,这女的不简单,每次都来家里转,不要脸得很啊。

也有叔叔伯伯们说我爸真行,还有这样的女性朋友,少见啊少见。

村里哪有这种风景看哦。

多年后,我在网上看到"小朋友,阿姨当年可喜欢你爸爸了",我就觉得这话太熟了。

在我小学四五年级的时候,刘姨结婚了,她男人是工人,干净斯文,和她一同来我家,什么点心、茶叶、白酒拿一堆。我妈妈这时候已经不怎么反感刘姨了,她俩能平和地坐在一起聊天。我估计我妈妈是被收买了,但我不知道刘姨给我妈妈买了啥东西。现在这个已经不重要了。

后来刘姨就上了电视,更多的人知道了她,婶婶们嘴里的她也突然就变好了。

之后,她带着另一个老公来我家,肥头大耳的,一副有钱人派头。

她后面每次来我家都是有求于我爸爸的,比如要一些独家的脸谱图样啊，让我爸爸再新创一个某个人物的脸谱啊。

最后还求走了一些我爸爸压箱底的台本，那些都是手抄的，还没刊印发行的老古董。

我爸爸这人在这方面很小气，一直把这些玩意儿锁在一个箱子里，但后来还是被要走了，要走时说会还的，但至今也没见还过。

直到现在，我爸爸还耿耿于怀他那些台本，从之前充满了幸福感变成了现在的怨恨，其实我妈妈也是给他机会在年轻时享受这种被女人长时间仰慕的感觉，毕竟他和爱慕者之间讨论的那些事，我妈妈也不懂。

上次我回老家，我爸爸说大家建了一个微信群，人都在，让去省里聚会，他没去。

我问："为啥不去呢？"

他说："有厅长，有局长，有团长，我一个在家种地的不想去。"

我说："你们都这个年纪了，没人攀比了，都是实打实的友情啊。"

他说："哎，不去，去了那里，大家坐一起回想往事的时候，从前的遗憾感会更加强烈。"

我问："那个刘姨现在干啥呢？"

我妈说："现在退休了。"

我爸爸看了我妈一眼，把他孙子抱起来，给我妈妈递了一颗葡萄，说："今天这个甜。"

旅
鼠

时间倒退到二〇〇七年夏天,那时的我瘦成了一头刚过了冬的驴。我坐上了大巴车迷迷糊糊地到了天水火车站。我要去北京,那个带劲的城市,那个睡完一个姑娘只带着思念就可以继续钻进水深火热之中的城市。

天水火车站那时候在西北地区算是大型车站,客流量简直就是人山人海。

时间越久我就越质疑这件事情是否真的发生过,但有时候这件事情残存的零星记忆会出现在我的梦里。

二〇〇七年的夏天,天气说不上非常热,但那感觉却令人绝望。

我在家里躺了三十多天,母亲说:"是死是活,你出去闯啊,我的儿。"

我说："还没托人去代买火车票。"

不知道，真是想不起来了，那段时间是我人生的一段空白期，丝毫没有任何关于天气、情感的记忆，但我能想起来在那段时间之前的黑色记忆，是连续的失败，是心灵上的失败，也是情感上的失败，大段大段的失败以及对自己的唾弃。

母亲说："你把床单都睡出印子了，我给你洗洗。"

我说："不用洗了。"

母亲说："这样太病了，你像只瘟鸡，我的儿。"

我没说话，觉得母亲说对了，我这是病了。

母亲说："这样，你就出门去，不论去哪里，走得远远的。"

我说："行。"

母亲说："宁可在车站睡，也别在这里睡，车站睡不病你，人多的地方睡不病你。"

母亲转身出去，我恍惚了一下，拉开窗帘，阳光一下子刺进来。

我没感觉到时间在流逝。母亲进来给我一个箱子，还有四百元，说："去吧，去外面睡，在外面睡，万分之一也比在家里睡强。"

我出了门，从镇里到了县里，在县城的路边又钻进开往火车站的汽车，路上一直盯着座位前的那个女孩的后脖颈子，女孩梳起的发髻线边际让我第一次有了对女人的向往,我感觉我的精气神回来了,浑身上下充满了一股劲儿。

那时的火车票还没全国联网,我本性也不喜求人,就没找人代买,那一年人生不快活,因此在家里连续睡了三十多天。

我在火车站买到了七天之后出发的票,但是我不想和任何人接触,不想找朋友找哥们儿,也不敢回家去,更不想坐大巴车。鬼使神差的,我吃完一碗拉面,买了二两麻子,看到一间旅社,一个房间一晚上二十元,我打算接着睡上几天。在房间的窗口看见了对面的书店,于是每天除了睡觉就是去书店看书,在没有社交圈子的城市只有书店可以让我不那么无聊和孤独。

我住的那间房有两张床,每到半夜就会有一个醉汉住进来,他是这个旅店的老板。第三晚突然一个小姑娘进来,喊我:"你给我出去。"

我跑出去后,站在楼道里不知所措,她走出来到前台给我取了一把钥匙,给我开了另一间,说:"不好意思,我挪不动他,麻烦您今晚就住这里吧。"

第二日,她来找我说:"你就继续住这间吧,那间我们昨晚打架,把床打坏了。"

我说:"好的。"

她问我:"你一天天住这里干啥呢?做生意的嘛。"

我说:"我只是暂时滞留。"

她说:"我可以给你买火车票,不要你额外的钱。"

我说:"我买到了一张四十六元的票,我不打算再多花钱了。"

她说:"你这个呆瓜,你买的那是慢车,得坐几十个小时,下车后腿会肿得像猪。"

我说:"反正算了。"

她说:"你要是没事的话,我带你去玩吧,我每天下午要出去兜一圈。"

我说:"你爸爸呢?"她说:"那才不是我爸爸,我是他养的二奶。"

我说:"我没见过这么小的二奶呢。"她说:"我不小了,已经二十五了,我原来是街那头理发店里洗头发的,还在楼下饭店当过服务员。"

我说:"咱们去哪里玩?"她说:"不出天水随便玩,出了天水我会被我村里人抓回去的。"我说:"那这么危险,还是别出去了。可以看电视剧呀。"她说:"有什么好看的?"我说:"那就去看书?"她说:"那更没意思。要不咱们租碟来看吧。"

于是我们从下午看到半夜,她看累了就在床上睡着了。

一直到后半夜,老板来敲门,把她从床上扯起来,对我说:"你小子,要住店就好好住店,别管闲事。"

我闭口不言，我天生胆小懦弱，我才不管你们家闲事。我说："好……好的吧，谁管你们家闲事了。"

之后我听见他们在隔壁的房间里大吵大闹，吵到后来又变成了缠缠绵绵。一切安息之后，小二奶披散着头发又来了，说："他没事了，我们接着看电影吧。"

我说："真没事吗？我不想把命丢在这里。"

她说："他喝多了，现在没事了。我们继续看碟。"

看到天亮，我困了。我说："我要睡了。"她说："你睡，我继续看。"我说："有声我睡不着。"她说："我关静音看。"

我问："你和那人是怎么回事？"

她说："我多可怜，没他的话，我早被我爸爸抓回去给我哥哥换媳妇去了，让我嫁的那男的只有一只胳膊一条腿。我宁可死了算了。"

我说："哦，那现在呢？"

她说："现在死太方便了，你看我可以站在马路上等着车撞，或者爬到楼顶直接跳下去。但是我现在还不想死。那人吧，就是喜欢喝酒后贪我身子，其他倒没什么大毛病。"

火车是那天晚上九点钟出发，她把我送到候车室。她说："咱们差不多一样大吧？"我说："对，一样大的。"她说："你抱一下我，我试试被一样大的男人抱是什么感觉。"

我抱了她一下，她说："你抱紧一点。"我抱紧了。她说："你把手给我。"她把我的手拿上去捂住她胸口。她说："你感受下和你一样大的女人。"我说："好……好呢。"

我说："要不要留个电话呢？"

她说："不留了，说不好我哪天就死了，留那干啥。"然后她走向出站口，走了几步停住，回过头说："哎，以后不要惹杀人犯呀，不要再来住那个店了。"

小亮

1

半夜十一点。

我就知道,这个时间来短信,准没好事。

要么是借钱的,要么是要钱的,还有一种是在簋街吃饭,突然想起我的,有可能是男的,有可能是女的,最好是女的。我心里盘算着。

拿起一看,陌生号,两个字"在吗"。

我说"在"。

然后电话就过来了。

我说,谁啊。对方说:"我是小亮啊。"

小亮啊。很久不联系了，各种套话、官话一堆。

入正题，小亮说他明天到北京。

我把我家地址和乘车路线发给小亮。

第二日一早，我刚开门，看到小亮站在我家门口。带着火车上那股花生瓜子八宝粥啤酒饮料火腿肠的味道。

"哎，小亮这么早到了。"

我电话关机，到现在没开。

小亮先是骂了我一顿，说他在门口等了好几个小时。

随后迎进门，坐下。

他的手用绷带吊着，我追问这是怎么了。

小亮说："你嫂子带着孩子跑了，有半年了，我打听到消息，她在北京。来找你，帮忙一起找找。"

2

小亮在我心中一直是一个传奇。

他的人生巅峰期超越了他父亲，在我们镇是商业垄断地位。

他为我们镇的两万多人创造了就业机会。

他的门生遍布全国的铁路和酒店,他在西北的火车上吃喝拉撒都会有人买单。

那时候的小亮每过一天会给我打一次电话,然后叫我拉上一辆车去他那里,去一次我能拉回来够我吃十多天的食物。

那鸡蛋,简直就是一个鸡蛋厂。

那活鸡,简直就是一个养鸡场。

那蔬菜,简直就是一个大型农贸市场。

那些烟酒,可以开一个烟酒专卖行。

那些来提亲的,简直要把女儿白送给小亮。

小亮也不记得那些都是谁送的,反正有人来就放下了。不论是小亮正在给办事的,还是小亮打算给办事的,还有小亮已经给办成事的,每次来,大家都给小亮带一大堆东西,小亮不收还不行,不收就给小亮跪下,不收就是小亮看不起他们,逼得小亮只能收收收。

那时候的小亮穿着西服,整日在大街上溜达,他随手拿着一个长两米的直尺。

遇到来报名去他正在招生的三所学校的学生,是个女的,他会拿起直尺,嚣张地不屑地量一下身高——说你的身高够,去做列车员;说你的身高不够,去做地勤;说你的肤色不好,我这里不要。

遇到个男的，他就看两眼，说你的气质不好，去学挖掘机；说你的长相不错，去学汽车维修；说你的音色不错，去学个工程监理吧。

他就这样走到大集上，安排着别人的命运，他的助理每天都能接到几十名学生的报名。每年毕业季的时候，会看到小亮在大街上大摇大摆地走着——每当到饭店门口的时候，就有人带着自己的孩子追着小亮请吃饭；每到烟草酒行的时候，就有人往他的手上塞东西。小亮说不好拿，那些人知道小亮的家，全部直接送到小亮家里去了。

小亮家里七十多岁的奶奶，看到孙子这么有出息，比自己儿子强多了，高兴地张着已经掉光了牙的嘴笑着，见到我们就说，小亮真有出息，真有出息。

三所学校中最有钱的那所给小亮配了车，没钱的学校给小亮配了秘书，最穷的那个学校给小亮一个最大的头衔——西北大区总指挥。

我们给小亮说，你可以去县里，最后去市里。他说我们不懂生意，他说他爹为什么当年那么牛，就是因为他在一个小地方混开了。

后来，小亮还接到了几所大学的任命通知，他在县城最豪华的宾馆包了一间总统套房，作为固定办公室。

3

再小的地方都有一个首富,首富家里一般有一个公子和一个公主,有时候还有一个小公子。嗯,小亮就是我们那地方首富家的大公子。

大公子在小学五年级前在我们市里上学,那时候每次走过小亮家的百货铺、粮油铺、裁缝铺、化肥农药店、木材市场、驴市的时候,我爹会对着我和弟弟念叨一句,将来会把小千说给谁当媳妇呢。小千是小亮的妹妹,首富家的公主。我爹依旧以首富和他当年的友谊为傲,其实首富这时候不一定还认识我爹是谁,我心里很不屑。

这时候我就想象着首富家里的孩子是个什么样子。

五年级时,突然一天,我看到我们那个操场上,冒出来一个留着长发,带球时头发会飘起来的男孩子,那个男孩子竟然还有球衣和球鞋!此后几日,那个荒废了无数年的篮球场,突然人潮涌动。于是,同学们的课余生活里又多了一项任务——看球。

小亮是在球场上唯一有球鞋和球衣,并且发型不是板寸的男孩。

就此，小亮登场了。

后来，我们知道小亮就是我们首富的大公子。这回终于对上了号，至于他为什么从市里转到乡下上学，传言多种。

他转学到我们五年级二班是那一年秋天的事情，这个明星般的公子到了我们隔壁班。

然后我们继续不断仰望着。

各种新奇玩意在小亮那里轮番展示，赚足了各种眼球。

小亮让我们这些和他不怎么熟悉的孩子都望而生畏，只能远远看着。

4

第一次接触小亮，是在六年级一次周末聚会上的"赌博"。

那一年，我学会两件事情，写情书和炸金花，炸金花时顺带又学会了抽烟。

周末的那个局，不知道是谁组的，我是跟着人去的，地点很隐蔽，先要上山，到山上后进树林子，进了树林子就开始走迷宫，走到中间，进入一块空地，空地的后墙根围着一堆人，这地方只有鬼能找到。

入门的门槛，就是交一包"海洋牌"香烟。

这样的接头，无比刺激。

我看到小亮坐在最中间，把好看的球衣垫在屁股下，叼着烟，发着牌。

这天大约来了六路人马，还有初中那几个经常在街道出现的混混。

很快，我就输掉了一星期的零花钱共计十五元。

那天下午，最大的赢家是小亮，大约有两百块。墨色的云彩挂满天空时，每个人心情低落，打算走出迷宫，回家。

小亮说："今天请大家去吃炒面，去吴氏饭庄。"

我靠，要知道炒面可是当时镇长吃的东西，全镇有资格进吴氏饭庄去吃饭的人不超过一百人。

大家欢呼雀跃，在吴氏饭庄，我觉得我们已经和小亮成了朋友。

然后，我还是没和小亮成为朋友，他都不记得我是谁。

第二次让小亮单独记得名字的机会是上初二时。他在一班，我在二班。

那天刚下了雨，天气很冷，我们多数人被淋到了，还是一节讨厌的英语课，我照旧没有完成英语作业，于是我被那个长相如"为什么别人的老师是这样的，而我的老师是这样的"的女老师罚站，站到楼道中，她要看的效果是下课后，我身上结起一层冰。这种方式在我们学校有着几十年的历史，新来的老师很快都能学会。

我站了大约十分钟，觉得冻得我快到极限了，为此我可以得罪这个老师和她背后的校长还有身为她男友的我们班主任，我走到了校门口，打算找一根烟。

在这里我看见了小亮。

小亮对着我笑得很谄媚，我觉得他认识我，但是我没去问，这是通过他的眼神来判断的。我问他有烟吗，他问我有火吗。

我问他是因为数学作业没写？他问我是因为英语作业没写？

坚持到一堂课的下课铃声响起。

他给我最后一支烟，我装到兜里，说等第二节课下课再抽。

他说，那就课间操做完了在操场见吧，他做了个委屈的表情，说："我没有火。"

5

高中，我们俩都以略微超过录取线二分的成绩，侥幸被一中录取。按照名次从一到十二，再从十三倒回二十五的分班原则，我和小亮都到了十一班。

到高二的时候，小亮说："你给我代写情书，我给你买早餐如何？"

我问他是买一年的，还是三年的。他说先买一年的，一年内，只要他需要情书，我就得给他写。

这一年，我天天看新概念作文，把上面的好句子抄到给小亮的代写情书中。那些情书搞定的第一个人是一个喜欢看新概念作文的女孩子，据说这个女孩子最后还得了优秀奖。

于是，小亮后来就不用天天再去买早餐了，那个女孩子会送到我们班里来。

送来后，起初小亮会给我，后来小亮经常不在，那个女孩子就直接给我了。不论什么天气，那个女孩子都会准时出现在我们班门口。大家都以为是我把那个女孩子搞定了，我们班主任找我去谈过话，不许早恋。

后来那个女孩子突然不送早餐了，因为她看到小亮把写给她的同一份情书抄了一份送给了他们班另一个女生。

这封情书被发现得很诡异，是在女厕所，是另一个女孩子上厕所时掉的。

我想，小亮也太过分了，要写也再找我重新写一份啊，怎么能抄一份一模一样的呢。

小亮从来没想过好好学习，他觉得他爹能给他搞定一所好大学。

我找到小亮，给他说情书的事情。他说他管不起我的早餐了，他爹的生意被外地人抢得没利润了，他们家的铺子现在只剩下了百货铺，其他的都关了。西部大开发，把他们家开发得要破产了。

小亮轻松上大学的梦想也没有了，他的成绩和我一样烂，于是他想到做体育生。他第一次选择的是篮球，老师说他体质跟不上，他练了两个月就放弃了。又换到跑步项目，跑步项目练了三个月，脚底板太平，上不了速度，于是又放弃。小亮动脑筋想到了学绘画，学了几个月再放弃。

这时候的他很少在班里上文化课了，所有的项目都试过后，他心灰意冷，只能乖乖回来学文化课了。他每天晚自习后多加一小时学习，早上三点起来背书，周末不休息，拼命努力着，成绩还是稀烂。他郁闷得都要发疯。

我说:"要不要再追一个女孩子,我给你写情书,这次不需要买早餐。"

要追就追学习最好的,我和小亮达成一致。

当小亮顺利和我们全年级第一名的女生开完房后,老师在我们教室的黑板上写上了"苦一年,幸福一生,晚一年,毁了一世"的标语,请了很多考上名校的前辈来给我们讲大学里面如何美好,人生如何美好。

7

小亮高考落榜,伴随而来的是父亲的破产和各种责骂。

高傲的父亲就那样一下子跌落神坛成为一个普通人,每天在家门口晒太阳骂儿子。

父亲每天做的事情就是骂一会儿这个不争气的儿子,用激将法刺激着小亮。

一个暑假后小亮自己找到了一所学校去读。

一年后,小亮回来了。

回来的小亮英姿飒爽，带着一个城里的姑娘，姑娘的肤色和衣着，一眼就可以看出是城里人。姑娘站在小亮身边，小鸟依人。

小亮这次回来站在父亲以前的百货铺门前，看着已经被外地人的大型自选超市占领的街道。他的女人显然成为大集市上最亮眼的一个，小亮这次的身份不再是首富的儿子，而是这个女人的男人，他站在那里似乎说着，我是这个女人的男人。确实，小亮带来的这个女人美得胜过以往的任何一个。

小亮落榜后，他那成绩全年级第一的女友考上了四川的一所大学，二人再也没有了联系。

小亮尽可能用大尺度的动作调戏着带来的那个女人，那个女人也温顺可爱地扮演着扭捏的姿态，小亮又一次反击，赚足了眼球。

很快，小亮的人生高潮来了。

他顺应国家技术人才的需要，开始大规模给技术院校输送人才。

这一次，他比镇长威武多了。

他父亲走在大街上，像找到了当年首富的感觉，更多的人认识他，更多的人跟他打招呼，甚至比自己儿子小亮还要小的孩子都问候他。他威风凛凛。

8

那几年,小亮家盖起了全镇第一个四层楼。

他收购了吴氏饭庄,改成小亮饭庄,改制成全镇第一个能摆酒宴的饭店。全镇的人以在这里办婚宴和寿宴为荣,小亮创造了一种全新的消费理念。

饭店旁边开了一个超市,一水的穿着制服的服务员,超市生意好得让人眼红。

一年后。

小亮代理的三所学校倒闭。

小亮失业了。

他的女人跟其他男人走了。

小亮读到大三,就回来搞他的小亮饭庄。

外出打工的人越来越多,留在镇里的人都是老幼妇孺,没几个在饭店吃饭的。这外出的两万多人,还都是小亮当年送出去的。

城市化终于让小亮饭庄倒下了。

小亮后来娶了一个镇里姑娘,很快,第一胎女孩,第二胎还是女该,第三胎依旧是女孩。

再生，小亮的存款就变成零了。

小亮在县城开了一个砂锅店，十张桌子，每天翻台一次。生意不好，他就赶跑了厨师，自己亲自上场。

一年后，饭店还是没有保住，破产。

小亮外出打工，给建筑工地做供应商，是小亮叔叔给介绍的工作。某一天，从天而降的一块玻璃削掉了小亮胳膊上一块肉，切掉了脚上的一块肉。

住院半年，出院后，老婆跑了。

小亮说："你嫂子以前那个对象在北京顺义高尔夫球场剪草坪，每年从老家带走三十多人跟着他干，估计你嫂子就在那里。"

我百度一查，顺义的高尔夫球场多得让我们绝望。

小亮说："兄弟，这次找不到你嫂子，我就不回去了，我往死里找。"

他拿出一支兰州说："有火吗？"

我说："给我一支。"

我给他点上。

北京的太阳爬上了小亮的额头，红彤彤的。兰州烟在他的嘴里燃烧得异常快。

吴
明

在吴明多达两百次的相亲历史上,他听到最多的一句话就是"我们以后不要再见了",而他唯一感到荣幸的是自己也被睡了那么多次。

终于,吴明还是找到了一份在汽车厂看大门的工作,与此同时,他放弃了坚定写文学小说的理想,堕落到去一个网站写鬼故事。

他写了两个月鬼故事后,给我打来电话,说要还上欠我的四千元,这语气突然给人一种他很有钱的感觉。

我问他,为什么这个时候还。他说,他想明白了,写了四年几百万字的文学小说要是全部换成鬼故事,早可以给自己买一套房子了。说这话的时候,语言中再也没有了他特有的清高。

五〇一宿舍的聚会，每年在五一和十一举办，后来人少了，大家分崩离析地逃离北京城，我们又换成中秋节聚会。

吴明参加了两次，后来先是去了厦门的汽车厂，一年内，没有消息，我们怎么也联系不上他，整个人像是消失了。

一年后他来北京找我玩了几天，说要回老家了，他老爹在保定找到了一份可以过完下半辈子的工作，就是去看大门。

看大门就看大门吧，总比在自己老爹的名贵药材铺子里面当个售货员卖药材帮他弟弟打工强。

吴明弟弟在初中时候的退学成为吴明这辈子在老爹面前最大的耻辱，吴明坚持上到大学毕业花的钱，估计他这辈子的工资加起来都抵不上。现在每个月一千五百元的工资，相亲三次就花完了。

吴明弟弟成为吴明家族企业的直接继承人。吴明也从来没想过要从中分点什么，现在每次家庭聚餐，吴明作为一个大胖子默默地待在一边。聚餐的桌子上先是多了吴明弟弟的老婆——一个泼妇一样的女人，后来多了吴明弟弟的孩子，一个长得不像吴明弟弟也不像吴明弟弟老婆，还不像吴明爸爸或吴明妈妈，却很像吴明的小孩。

吴明的每次相亲都是以"我们下次不要再见了"结束。

用吴明的话说就是"我看上的人，人家看不上我，人看上我的，我看不上人家"。伴随着一次次相亲，吴明在这三年中飞快地长成了胖子。

谁也不知道，吴明这时候写鬼故事已经能月收入十万了，在网站上，他的笔名被称为大神。他的粉丝组建的 QQ 群联合起来，相当于一个保定城的人口。而吴明这个名字，存在感依旧那么微弱。

吴明说过，很多女孩子，都是在相亲的最后说"其实你知道的，我们都是周末没地方去，出来吃顿饭，看场电影"。随着吴明对于女孩子的拒绝越来越没感觉的时候，父母们开始改变了战略。

吴明说在大门口的值班室里面，他把童年记忆中的人都写成遇见的鬼，把小学同学、初中同学、高中同学，甚至我们五〇一宿舍的，还有隔壁几个宿舍的，以至我们那一整层的以及整个学院的同学都写成遇上了鬼的人。

接着还把他每天看到进出他们汽车厂那些看着顺眼的不顺眼的都写进鬼故事了，最后没法写了，就开始把自己家亲戚都写成一个厉害的族类——专门捉鬼的一个家族。这样下来，他写到四十岁，素材也够了。

上班的时候没有网，他就在电脑上打字，下班了回到宿舍，连上网，在网站上更新，心情好了一天六千字，两个章节，心情不好了三千字，一个章节。他每个月有一次休假，这一天要是不相亲，他就写两万四千字。

吴明的打字速度在我们五〇一宿舍是出名地快，他外号错字大王，打字从来不看，打完也不检查。我们问他你打的都什么啊，全是错字。他说，别注意这些细节，我表达的是思想、是意义，知道福克纳吗，知道博尔赫斯吗，这些人都不关心错别字，错别字就给编辑们处理吧，我们只要传达思想。

吴明长成胖子这件事情，可能是最让人感到不可思议的，因为我们所知道的所有网络大神都是瘦子，瘦成一把骨头的那种，长期营养不良。可是吴明不是，他越来越胖，胖到我们见到他都不想认他。

吴明爹妈后来给吴明介绍的相亲对象全部换成了离婚的少妇，还没有孩子的那种。见了不下二十个，各个风姿绰约，可是吴明没一个看上的，只有一个是先把吴明睡了，然后才说看不上吴明。

吴明他爹妈再接再厉，给吴明找来的又都换成了有孩子的离异妇女，这些妇女给吴明的感觉就是质量较高。在这一阶段的相亲中，吴明被睡了很多次。

以上这两个阶段相亲中的主要人物，后来都出现在了吴明的鬼故事中。

这些人最终还是没有一个愿意嫁给吴明，吴明的身份是一个看大门的二十七岁的胖子，月收入一千五百元，管吃管住的一千五百元。

吴明这时候的存款估计有五十多万，在保定这个年纪的小伙子中间，也是相当有钱了。当吴明把自己有五十万说给父母听的时候，父母都觉得吴明这个孩子出现了臆想症，就到厂子里给吴明请了一个星期的假，带着吴明去外地玩了四天。

吴明听见父母在私底下商议过，要不要带他去看心理医生，再不行就把他送到精神病院。但是母亲哭着不同意，说好不容易养大的孩子就这么糟蹋了。

父亲骂母亲，早就不应该让孩子上学，现在上成傻子了，早跟着他去贩卖药材，这时候都有孩子了。

回到家里后，吴明再也没有说起自己有几十万存款的事情，这件事情就要这么过去了。

新的一轮相亲开始了，父母急于让吴明完成传宗接代。

新一轮的相亲对象换成了死了丈夫的女人，这些女人中年轻一些的有三十五岁的，老的有四十多的，基本上都是一些奇葩。吴明记得很清楚，这批女人全部把他睡了，每个都说能和吴明结婚，但最后还是没一个能结婚的，这些女人都很能折腾，把吴明累得够呛。

这一轮相亲后，吴明瘦了十斤。

新一年的五〇一聚会要到了，吴明说来不了北京，他给我们还在北京的四人快递了礼物，每人一大盒肾宝。

吴明还在相亲的道路上疾走。

后来吴明的爹妈没有给吴明介绍对象了。

是因为吴明的爹妈感情出现了一些问题，闹到要离婚的地步。

原因是母亲手机里面的一些短信。

母亲换了一个手机号，自从换了这个手机号后，每天半夜总是有人打电话来，一个男的，有时候哭哭啼啼，有时候说一些软绵绵的情话，时不时地发一些很露骨的情话，这些后来被父亲发现了，以为母亲在外面有了人。拿过母亲的手机，看到里面有百十条短信，有些不堪入目。

母亲受了冤枉，没想到一起生活了半辈子，父亲这么不信任她。

二人开始闹别扭。

父亲出差几个月都不回来。那个手机的电话和短信依旧不间断地进来。刚开始母亲把那个号码设置成了黑名单，可是过不了几日，那个男人会换一个号码接着给这个手机打电话发信息。

吴明知晓了这个事情后，给母亲买了一个新号，把母亲的这个号码拿来自己玩了。

吴明拿到这个手机号码后，简直像获得了一件心仪已久但又被人封印几千年的法器，他像获得了新生。

他开始以一个女人的身份去回复那个男人的每一条信息。

那个男人发"亲爱的，最近想你"。

吴明回复"嗯呢,我也是"。

那人发"想弄不"。

吴明发"想"。

男人每到一座城市,都给吴明发信息报告。吴明总是说注意安全,一定要想他,下次路过保定一定要来看。

男人是一个送车员。就是把新车送到代销商那里的送车员,常年在外到处跑。

这个手机号码,是一个旧号,以前估计是一个做那种生意的女人使用的。

这位男士在路过保定的时候因为路况不好,困在这里好几天,所以和这个女人睡了几天,产生了感情。

男人死了老婆,也没有孩子,有时候喝醉了会打来电话,把这个女人当他老婆倾诉一番。吴明不敢说话,只是听着,有时候能听哭了,有时候听笑了,有时会听睡着,有时候会听没电。

就这样,两个男人的感情就这样慢慢建立起来了。

吴明曾经有过爱情,是他们村对面的一个妹子。在吴明快二十八岁,体重达到一百八十斤,眼睛被肥肉挡得眯成一条线,还擅长和一个男人谈情说爱时,那个妹子的孩子基本上都能打酱油了。

那个妹子曾经在大一的时候给我们五〇一宿舍打过几次电话,

每次来电话就说找"明明"。我们说了,我们宿舍有苏有朋、刘德华、郭富城、张学友、周华健,就是没明明,肯定是打错电话了。那个女孩子说她找的就是明明。最后和我们妥协,告诉了我们一切我们想知道的事情,我们放开绑在床上的吴明,让他接了这个神圣的电话。

要搁现在,只要有女的给吴明打电话,我们恨不得给吴明递过去,让他赶紧接,可是吴明已经有四年没接到过女人的电话,除了他母亲问他需要什么东西外。

当吴明的存款接近一百万的时候,那个男人说下个月要来保定。

吴明以前并没有想过这样的事情会发生。

他看到这个信息时慌了,一下子不知道如何回答那个男人,那个男人对于吴明来说和电脑屏幕对面的一个小说读者还是有区别的,他发现自己好像离不开这个男人,有这个男人,自己的世界是不孤独的。

思来想去后,吴明还是回复了一句:好的。

半个月时间恍恍惚惚中就消失了,吴明在这半个月中过得极其焦虑。

好像这样一次自己主动安排的相亲又激起了他消失多年的对爱情的渴望。吴明变态到在微信群里面和我们征询各种约会的地点,我们七个人都不断说出在自己所在城市有，在保定也有的咖啡店、电影院，还有宾馆。

我们还按照自己的经验给吴明出谋划策，先做什么后做什么，然后一举拿下。

其实我们都还不知道吴明心里的晦涩滋味，那时候我们都不知吴明要约会的对象是一个男人。

事情还是到了那一步。吴明在此后给我们描述这件事情的时候，用了这一句。

在那个男人到达保定的那一天，吴明收到短信。从那一刻起，吴明的心里再也没有他的小说、他的汽车厂、他的保定、他的家，他感觉到一个这么大的保定都不能给自己一个喘气的地方，世界上所有东西的存在感都大于自己。

他出了保安室，随手一招，一辆大挂车就停下了。吴明问，去哪里？

司机说去清水县。吴明问能不能捎他一程，他也要去清水县。

司机诧异，但还是让吴明上了车，吴明上车后做的第一件事，就是脱掉了保安的制服，学那个年轻的司机一样，露着膀子。

司机一路上放的全是凤凰传奇的歌，劲头十足，吴明感觉到了前所未有的生命活力。哎，这样的旅程还真是畅爽，他决定不把这个司机写进自己的小说，也不让他路上遇见鬼，吴明对自己的仁慈很满意，转眼看了看这个司机，发现司机是那样的年轻，那样的精神。

两小时后，清水县到了，司机把他放到县城的一个宾馆门口，司机说这里价格便宜，饭很好吃，你就住这里。司机要去会自己的老相好了，司机在路上说了，他的老相好是理发店的理发师，身材棒极了。他又给吴明提建议说，你这样的胖子，要找个瘦的。

吴明办理登记，给自己要了个最大的房间。

躺倒在床上没一会儿，手机短信就来了。

"亲爱的，我到保定了，去你们原来的宾馆，老板说你一年前就走了，你现在在哪里？我去找你。"

吴明想了想，不理他了。

他转身睡了一会儿，还是不忍心，觉得那个男人会难过，和自己一样难过、痛苦。

于是，他想了想，回了一句"临时有事情，来清水县了"。

良久，对方没有任何回信。

吴明想着，没电了，生气了，或者千万理由吧。但是他这时候全无睡意，想下楼走走。

出门没走多远，吴明的手机又响了，这是另一部电话，这个电话只有他们厂的人、小说网站编辑和自己爹妈知道。厂子里面的人已经发现，整个下午门口的保卫室是空的，对方各种谴责。吴明一句话也没说,听了一会儿,回了一句"我后天回去",然后关掉这部手机。

吴明走在大路上,昂首阔步,很牛气,他觉得自己学会了一种东西,叫反抗,他觉得自己发现了一种能力,是改变,这种能力好像能跑马圈地,开疆辟土。

吴明觉得这座陌生的县城好可爱,好和蔼,人们都是这么美丽。这座县城是他一个人的县城,他确定,这座县城中没有一个他认识的人,没有一个曾经和他擦肩而过的人。这里可以藏下他的一切秘密。

有短信的声音。男人发来一句。

"我到长途汽车站了,马上开车,估计三小时能到清水县,你在哪里,我去找你。"

一种窒息感,扑面而来。

吴明疾步走到宾馆,问前台这座县城有几个宾馆。前台告诉他,这座县城大的宾馆有四家,小的旅店有五家。

这个数字太少了,少到都没有超过两位数,吴明觉得这太不安全了,自己必须到一个更大更远更陌生的地方。

吴明打了一个摩的,跑到汽车站,坐上了到曼城县的最后一趟车,他确定这是最后的一趟,也确定曼城县是最远的一个县。他其实可以去镇里,这是我们后来给他的建议,他说他怕去镇里没地方住,他没有安全感。他说他的一百万在县城里都刷不了卡,在镇里就更是什么也不是了,县城里都是去柜员机取出来用现金。

到曼城县后,他依旧找到了一个宾馆,住了下来。在找到宾馆前,他去了县城看上去最贵的百货大楼,买了最值钱的西服。

在宾馆的房间里面,他想关掉那个手机,关掉了好几次,又打开了好几次。

吴明还是看到了那条信息。

"我到清水县了。"

吴明立即回复,这次毫不犹豫,吴明已经觉得他切断了这个男人来曼城县的一切可能。

"我们老板把我们送到了曼城县。这边有客人。"

吴明想,这个男人会就此放弃的,自己就算躲过了一劫。

吴明在宾馆躺下,一下子就踏实了。

下一刻他醒来的时候,看挂在房间墙上的挂钟,几小时就这样过去了。吴明的嘴里像着了火似的,感觉嘴要烧烂了,牙要脱离牙槽。

他拿起桌子上的杯子,倒上水,猛烈地喝了几口。

他看到桌子上放着的上门服务的名片,名片印得很粗糙,和在北京和保定看见的没法比。

他拿起来看,发现有好几张,上面的照片都不一样。

像所有人一样，他看不到手机依旧那么焦虑，于是他还是拿起那部手机，看到了两个未接来电，是那个男人。

还有一条短信："我已到曼城县，你在哪里？"

吴明温婉地回复："你怎么过来的，这么晚了还有车？"

男人回复："我们跑车的，还能让车给难住？"

吴明后来给我们说这件事的时候用的句子是"心有牵绊，逃亡何处皆枉然"。

一个多小时后，那个男人到了吴明的这个房间。

这个男人进门去，看到一个女人坐在床上。

女人说："大哥，我叫小花。我姐还有其他客人，她让我先陪陪你。"

男人抽了一支烟，说："我其实是有东西送给你姐。"随后拿出一个盒子，打开看形状，应该是一条项链。

小花说："大哥，我会交给我姐的，我们开始吧，我姐已经给我付过钱了。"

男人又点起一支烟，没什么动作。

随后，男人的手机中收到吴明发的短信："好好享受下，她一整晚都是你的。"

吴明在隔壁房间中，听着男人和小花的各种声音。

在旁边坐着的五个女人都说着"老板，你真有钱，一下子包下了我们六个"等一堆应承话。

吴明挑了一个最瘦的,把其他的放出去,说叫的时候再来。

最瘦的坐到那里看着吴明问:"老板,我们什么时候开始啊。"吴明看着这个女人,听着隔壁的动静,没有答话。

女人无聊拿起床上的另一个手机,不小心开了机,看到上面的短信写着:"吴大作家,你今天的小说还没更新呢,别忘了哈。"

而吴明这时候听着隔壁的声音,无比满足,他回过头来看看这个最瘦的女人,问:"你结婚了吗?"

疯

王

1

韩志平原名韩建平,他自己这么叫自己,我们叫他韩疯子。

韩疯子是我初中的物理老师。

大概在我初中毕业后的第十三年,四十三岁的他又参加了一次高考。

十五年前,摩托车风靡大江南北。

那时候我们学校还没有盖起教学楼,所有教室都是平房。

一到下午放学,老师们的摩托车队就像春运似的,集体往外面跑。

后面跟着全校的自行车队,这样的队伍一到大街上就好像能蚕食一切，有组织有纪律。

韩疯子依旧每天上完课坐在摩托车修理铺的台阶上。

当修理的师傅被搞得满头大汗，不知道怎么弄时，车主会过去递给韩疯子一百元。

然后韩疯子会大声说一句，是哪里的毛病，怎么处理。

师傅照做，车在几分钟内修好。

韩疯子扬长而去，并留下一句：哼。

留下的人们有的哼哼，有的骂娘，有的啧啧称赞。

那时候韩疯子随手携带着一个听诊器，遇到大型机器，拿听诊器上去一听，就知道哪里有了毛病。

榨油机、磨面机、挖掘机，有发动机的全部能看。

电视机、电冰箱、洗衣机，有电机的全部能瞧。

人家医生是看病，韩疯子是看机器。

韩疯子不上手修，这是他的原则。

2

韩疯子来自哪里？

这是个奇妙的传说。

韩疯子毕业于 B 大物理系，毕业后，分配到我们省里，省里一看，人才啊，给市里吧，市里需要。

到市里，市里一看，人才啊，给县里吧，县里需要。

到了县里，安排到政府做秘书。

开会，韩疯子提前到，坐在正中间的位置上不动，书记来了，他也坐着。

会后，书记说这人才适合去教书。

去县中学第一年，韩疯子就搞各种物理实验，让校长不适。

第二年就放到了我们学校。

韩疯子结婚后，两个儿子到上学年纪，他老婆把俩孩子送到小学报了名。

第二天，韩疯子就把两个小孩子领回了家，不让上学。

韩疯子对老婆说："别上学了，上学有什么用，看看我就知道了，好好学门手艺，别上学了。"

两个孩子每天戏耍,长到十五岁,全部送到县修理厂当学徒。

建平改名志平,就这样来的。

3

韩疯子最牛逼的地方在于,他每年带的毕业班,物理成绩全县第一。

每一任教育局局长上任后都想提拔他到县里去,但是只要一见本人,提拔的事情就再也不会有后话。

那时候我们上课前还唱歌,为了让大家集中精力。

其他班唱完歌,都开始上课了,我们班还一遍一遍唱,因为韩疯子没到。

唱到第四首,校长都听见了,跑过来说,你们别唱了,其他班在上课了。

然后和我们一起站着等韩疯子。

这时候我们就听见韩疯子骑着摩托车,油门轰得很大,从山梁上下来了。

大约五分钟时间，韩疯子会出现在讲台上，他摩托车前面的轮子就在我们教室门口直逼着讲台，恨不得直接骑到座位上。

校长看见他就生气，但是拿他没办法，转身走掉。

韩疯子进来，脱掉雨衣，穿着雨鞋，把自己的猎枪往讲台前面一立，开始上课。

粉笔是从兜里拿出来的，他上课从来不用课本，但是说到课本第几页第几行，没错过一次。

谁敢在他的课上走个神，那是真不想要命了。韩疯子把猎枪对着校长的脑袋瓜子那场面，我们都见识过。

他每节课只讲三十分钟，然后教室门都不出，就直接跨上了摩托车，发动机一轰鸣，韩疯子就出了校门。

其他班同学听到韩疯子的摩托马达声，就知道还有十五分钟下课。

要是校长不在，韩疯子一般都把摩托车直接开到教室的讲台前停好。

这一年，县教育局的印刷机坏了，死活查不出毛病，外国专家都叫了好几拨。

最后无奈，局长开着小轿车来找韩疯子，韩疯子躲进树林，两天两夜没出来。

局长回去后，把那机器当废铁卖了。

4

我们年级物理学得最好的孩子特别捣蛋。

一次,那孩子被教导主任抓住,被要求每天下午去打扫学校学生厕所。

韩疯子在自己的自习课上发现这小孩不在,问同学,知道了情况,就把那孩子叫了回来。

被教导主任知道后,教导主任来班里理论,韩疯子就在黑板上写了一道题,让教导主任和那个孩子各拿出一个解答方式,谁的方法好,就听谁的。

然后我们看到教导主任就那样灰溜溜地走掉了。那小孩还真没让韩疯子失望,最后拿回了很多奖。

韩疯子后来和我们教导主任的老婆——我们学校的女政治老师传出了绯闻。

我们学校的政治老师一直怀不上孩子,可是长得特美,美得惊天动地,走在我们镇里像极了一个从城里来找寻当年负心汉的那种女子。

其实我们都觉得她嫁给教导主任是毁了。

后来，女政治老师怀孕了，这个孩子的身世至今是个谜。

当年，我们看到女政治老师坐在韩疯子的摩托车后面，那个衣袂飘飘，像极了一个侠客和一个美女的故事，给我们留下足够的想象空间。

韩疯子身高一米八，常年穿黑色雨衣、黑色雨靴，半年不剃胡子不洗头发。他的身上混合着七荤八素的味道，兜里常年放着白酒。

一到下雨天，我们就看到韩疯子把自己的内裤袜子什么的拿出来挂到外面的铁丝上，这是他洗衣服的唯一方式，直到他想起来才收回去。这些衣服可能在院子里被晾干浇湿很多次，都有可能风化了。

韩疯子老婆来给韩疯子洗过衣服，被揍得很惨，所以她后来基本上不来。

韩疯子在学校，没一个老师朋友。

就是这样的一个老师，学生们却爱他爱得疯魔了。

大家都曾讨论过美似天仙的女政治老师是如何闻得习惯韩疯子的味道，晚上又是如何下得去嘴的呢。

5

疯子韩志平成为全民偶像,是在那一年秋季。

上课的时候,我们听见一辆汽车开到学校门口,声音很大,一般不说话的韩疯子,突然说了一句,这辆汽车马上就要坏了。

我们都站起身趴在窗子上看,果然,那辆汽车在我们的眼前停了下来,车前盖就这么冒起了浓烟。

后来的日子中,他预言了我们学校的电铃寿命将近,预言了我们水塔塌方,预言了我们副校长被抓等事件。

韩疯子在预言成功了很多事情后,或许是用尽了自己的天分。

他骑着自己改制的摩托车行驶在253县级公路上时,迎面遇到了疯狂驶来的东风翻斗汽车。

这次事故,他的半个脑壳不见了。

一年后,韩疯子出院,同时失去了所有神奇的功力。

他甚至都不记得自己的名字,变成了实实在在的疯子,每天衣衫褴褛地出现在我们校门口要吃的。

我们都把自己干干净净的干粮给他。

教导主任每次看到他都躲得很远。

校长时不时蹲下来和他说话，多言惋惜。

女政治老师时常远远地看着他，时常。那时候我们就想，女政治老师是多想被这个男人带着一起浪迹天涯呀。

我们期盼的最大的轰动事件就是韩疯子和女政治老师私奔。

6

后来，韩疯子找到一门营生。兴许是他和学校有缘分吧，夏天他在学校门口卖冰棍，冬天就卖红薯，常年卖瓜子、花生、橡皮。

学校的老师不赶他，新一届不知道他背景的学生还有点怕他。

他时常分不清楚五元钱和十元钱。

他常常和学生们吵架，但是他说不明白，最后学生只能取消交易。取消交易后，他不知道学生给他的是多少，学生最后只能放弃。

他的生意时好时坏，但是不论什么天气都在那里摆个摊。

不知道什么时候起，他的脑子就清醒了，他随手捧着一本《新华字典》看，几年时间，我们看到的他都在看《新华字典》，他就那么看呀看。

还经常看到他在地上写字。

突然有一天,有人开始说,韩疯子能背下来一整本字典了。这个消息传得很快,多数人都把韩疯子能背下来一整本字典当个笑话。

不论是真是假,他后来成为学生们进出学校门口必须仰望的一个人。

老师们都拿韩疯子来说事,跟学生说你们看看门口的那人都能背下来一本《新华字典》,你们还不好好学习。

于是进入我们初中的学生每天都被这样一个人的阴影笼罩着。

人们都怀疑韩疯子真能背一本字典出来吗?

捣蛋的小孩拿着很生僻的文字去问韩疯子,韩疯子真的能认得这个字,并能解释这个字的全部意思。

女政治老师的孩子后来长得确实很像韩疯子。

7

令我们全镇人震惊的事件发生于暑假后开学的第一天。

我们学校的操场和我们镇的文化广场还有我们镇的戏院子是连在一起的，整体面积据说有一百亩地那么大。

开学第一天，学生们和老师们看到整个地面上，全是用电池里面的墨棒写的字，写满了一层又一层，这场景，再也不是震撼，而是感动。

韩疯子好了。

他变得干净，变得随和，胡子剃得相当干净，领着自己的老婆，在学校门口还摆着摊。

其他老师叫他韩老师。

他还是想不起来，自己以前是个老师。

这一年，全镇最出名的新闻是，四十三岁的韩建平又参加了高考。

我们全镇在高考后的注意力全部转移到韩建平的成绩上。

最终发榜的时候，韩建平的那一行被人们用手指摸过的次数太多了，明显颜色很旧。总分四百六十三。他的志愿是我们省师范大学中文系。

韩建平的两个孩子，一个叫韩耕，一个叫韩耘。现在都在我们镇里做修理工。

我们初中在他出事故第二年，就盖起了教学楼，韩建平不知道他的摩托车其实在他失忆第二年时就已经骑不到教室里去了。

我们的女政治老师后来和我们教导主任离了婚，并当了我们初中的校长。

小春

0

二〇一二年九月二日前一天,在西南的大山中,由于一个来自北京的女人和小春的父亲谈好了一宗生意,于是在第二天,小春就跟着女人从山中搭马车走到镇里,然后坐上汽车,再到省城坐火车。

到北京后,小春生平第一次听故事,这个故事是这样讲的:浙江温州最大皮革厂江南皮革厂倒闭了,王八蛋老板黄鹤吃喝嫖赌,欠下了三点五个亿,带着他的小姨子跑了!我们没有办法,拿着钱包抵工资!原价都是一百多、两百多、三百多的钱包,现在全部只卖二十块,统统只要二十块!黄鹤王八蛋,你不是人!我们辛辛苦苦给你干了大半年,你不发工资,你还我血汗钱,还我血汗钱!

这可能是小春能接受的信息量最大的故事了。

小春在九月二日这天晚上,会出现在一个男人的床上。

二〇一二年,那一年夏天,对我来说异常煎熬,每天做几百页 PPT,然后拿着电脑,到处求爷爷告奶奶,争取让客户买单以维持我们团队的生活。

晚霞顶着太阳就上来了,那晚天边的彩云在翻滚。估计这时候的小春正站在北京站的天桥上,伴着黄鹤的故事也看到了北京难得一见的晚霞。

1

在十八年零三个月的生命中,小春接到过两次走出大山的邀请。

两次都是同一个女人,这个女人是小春他们村子唯一一个在北京混的女人。

第一次的职业是卖酒,第二次的职业是卖肉。

我接到那个要把我和小春凑到一个饭桌上的电话时,嘴里刚咬上胡萝卜馅的包子。我已经一整天没吃饭了。

"哥们儿,有个忙需要麻烦你。"

"做什么,说吧。"

"吃饭。"

"出了三环不去哈。"

"没问题,就在你们公司边上。"

"这么近,好事。"

"但是,你就认识我一个,其余人都不熟悉。"

"啊,这是什么饭?"

"我朋友的客户,特迷信,今天他生日,需要八个省的人。"

"哦。那行,你把地址发给我。"

大约一小时后,一桌十二个人,齐了。

大家互不认识,都是七拉八扯拉来的。

2

菜品相当丰盛，坐在中间那个负责买单的人，脖子上挂一个麻绳金链子。

旁边还有一个左右逢源的女人，负责将一桌菜尽快弄到一桌人的口中，缓和气氛。

其他人的风格都很鲜明，唯有坐在女人身边的那个姑娘，像一座孤岛。

那身牛仔服一看就不是她的，她别扭地坐在那里，扎着一尾茂盛的马尾，头发丝丝可见，眼神像极了下过雨的银杏树叶，清澈得你都不敢多看一眼。

"小春，吃呀。别怕生哈。"

"小春。"

"小春，这个你没吃过。"

"小春，你好像有点不好意思。"

听了几句女人的话，我们大概看明白了，小春这是第一次到这边来。

然后金链子男给大家开了一瓶白的，能喝的都倒上了。各种场面话说完，大家放开了些，开始谈生意。

金链子男士是做钢材生意的，女人是他老婆。

我哥们儿也是被人请来的，但请他的人有事，没来。

整个饭局，小春像一个误入凡间的精灵，微微前倾，坐在那里，低着头，微妙地吃着东西。

喝了几杯的大家渐渐放开了，在那里讲故事，说黄段子。

唯有一次，小春抬起过头。

"哎，你们看最近那个新闻了吗？一个妓女找警察自首去了。"

大家面面相觑。

"结果是因为看完了一本书。太可笑了，妓女还能看完书去自首。"

大家皆赔笑。

3

"你们说的那本书叫什么名字呀？"

一直不出声的小春冒出一句话。

"哎,小春呀,你还会说普通话呀,你爹都没告诉我。"

旁边的女人惊讶着。

小春看着讲新闻的那个人。

那人说:"这上面也没写那本书的名字。"

小春继续低下头。

讲新闻的人继续讲了:"哎,这下面还有一条。"

小春听到后,连忙抬起头来,眼巴巴看着讲新闻的人。

"一个妓女爱上了自己的客人,还去外地找这个客人,纠缠好几个月,客人报警了。"

"哈哈,这不是妓女爱上嫖客吗?"

哄堂大笑。

看见小春若有所思地继续低下头,这次她不再是沉默无言的情绪了,而是换成了一种漫天的悲伤,要哭出来了。

然后有人问女人,这个小女孩是不是女人的亲戚,长得实在是好看,比那些明星好看多了,看身材也不错呀,哎,要不要去做模特呀,正好他那里需要。

女人说,是她堂妹,第一次来北京。做模特没问题,谢谢照顾呀,等小春发达了,还要感谢他这个伯乐呢。

于是,没安好心的模特邀请就被堂妹这样的字眼顶住了。

4

饭后,我们送别。

金链子男开车出来,说要给小春买点好衣服,然后连同女人上车走了。

我和哥们儿点上烟,寒暄着。

哥们儿手机响了,是介绍饭局那人。

他电话接了一分钟,然后给我说金链子男做生意,这两年不顺,找过大师了,大师说生日的时候找处女见见红,就能改运。那女人真是他老婆,去年给他找的是假货,今年这个是刚从山里带来的。

我愣住了,看着三环上的车流,想起小春那漫天的悲伤。

"下次这种事情,别叫我出来吃饭。"

"我不也是刚刚知道吗?"

过了几天,我在QQ上问哥们儿小春的事情。

哥们儿说,那女人怕小春晚上不从,出人命,自己在客厅看着呢。没出什么事情,见红了。

"还有这样的老婆。"

"咳,那女人当初也是见红女,现在找这么一男的也是为了钱。"

"哦。"

"你知道他男人这次给她多少吗?五万。"

"那小春能拿多少?"

"看那女人的良心了。"

黑子

我父亲以前很白,是他们兄弟六个中最白的。然而十二岁那一年,他就变黑了,因此得绰号"黑子"。

1

我父亲在十二岁的时候,没裤子穿,我奶奶把一床被子拆了,连夜给他缝了一条大裆裤,第二天他跟着我大伯等人,一行十二个人走了三天三夜到陕北当麦客。

走之前的那一晚，借着月光，大家都把镰刀的刀刃磨得亮堂堂的，磨完一把后嘴里含着一口井水，喷上去，月光下，镰刀像银子，发出阴森森的暗光。

大磨石这一晚被磨下去很厚一层，一个人得备好十把刀刃，两双布鞋，干粮是早准备好的，有大饼和炒面，每个人再配上两个加大号军用水壶。

父亲这一年带的水壶是爷爷用过的，绿漆掉完了，除了壶脖子处依稀还能看见点儿绿，基本上和磨完的刀刃一个颜色。

第二天，父亲走在最后面，这是大家第一次离开苏庄。

他们头上顶着比肩大的麦秆做的草帽，背上披着加厚的麻袋，这两样器具的作用都是挡太阳。

2

那一年陕西的麦子熟得蹊跷，据说一场雨就催黄了，因为熟得蹊跷，所以来这里的麦客少了，从远处来的人说，这一年麦客的收入是往年的三倍。于是，这一年麦客这个职业成了很多人的新业，像我父亲就是这一年成为一个麦客的。但是事实上，他这一年最惊心动魄的事情是成为了一个逃票的贼。

消息是一个月后传到奶奶耳朵中的，这件事情也传遍了苏庄所有女人的耳朵，她们家的男人和男孩这一个月只能天天在房檐下看雨，没有在大雨中割到一点麦子。

雨直接把麦粒打到了土中。

他们试过一些方法，比如用大的帆布搭起帐篷，希望能在帐篷里抢下一些粮食，可老天就是不给人活路，帆布根本抵不住泄洪一样的大雨。

3

父亲和几个同龄人那些天一直住在地头的窑洞中，前十天雇主还是很客气的，每天给吃的。十天后，地里的麦子只剩顺水倒下的麦秆，于是雇主把他们从房檐下面请了出去，让他们走远点，最好离开村子。

其实这时候这个村子中聚集着外地青壮年劳力几百人，这个力量大于本村人的劳力，加之麦客们的饥寒交迫，一旦发生冲突，到时候气氛一上来，肯定会死人。

父亲他们这一队麦客是比较老实的那一队，大伯带的队，每年都来这个村子。

大伯说来年还要做生意，要祸害还是去隔壁村子吧，于是这一夜，成为他们窑洞生活的开始。

窑洞塌过无数个，塌了就换一个，根本还没走到隔壁村，就见到了同样从隔壁村出来的人占领着大的窑洞，看来他们被赶出来的要早。

4

大伯还是比较英明的带头大哥，知道这样躲雨不行，人不会被雨淋死，但会饿死，于是决定带大家沿着公路走，不是回家，而是去找其他营生。

方向是去往贺兰山，但大伯不知道哪里是贺兰山，以前也没听说过贺兰山是个啥地方。

走了大概一天吧,他们就看见了拉煤的火车。也不知道是谁提议的,大家一起扒火车。

就这样,众人上了火车。火车到站时,他们睡得很死,醒来的时候看到无数双盯着他们的眼睛。

父亲这时候对眼睛还没什么兴趣,对这十几天没见的太阳倒是满心欢喜。

火车在行驶过程中,父亲很兴奋,于是发泄了一下自己内心的感受,唱起了自己熟悉的一段秦腔,也是头一次,同行的发觉父亲还有这一技能。

也不知道是谁提起说把大家剩下的五十元找一个最最保险的地方藏起来,于是大家伙儿决定把五十元藏在父亲那个盛满炒面的大搪瓷缸子中。

余下的那些炒面是他们的命,把五十元藏在命里面就是命中命。其实他们每年出门运气都不太好,所以这次把命都押到了父亲身上,他们相信第一次出门的人,老天总会照顾照顾。

5

被抓以后,十二个人站成一排,由几个年纪大的训导一遍,然后再让脾气暴的来收拾一遍。脾气暴的喜欢挑看上去皮实的揍,经得起打,他们用的是皮带,打累了就换人。这些酷刑都没有轮到父亲身上,缘由是父亲双手端着那缸子炒面打着牙战,可能看到被打者受惊吓比打他还要有满足感。

缸子起初是用布包着口,后来捆着的麻线被晃松了,就掉了。

谁也不敢大声出气,怕他们把缸子拿走,五十元就暴露了。

最后抓人者们被被抓者们的一缸子炒面吸引住了,他们认定这缸子炒面肯定不是普通的东西,不然在面对挨打的情势下,还端着一个缸子干什么呢?

于是他们询问了父亲炒面的吃法。

事实上这缸子炒面确实不同,奶奶在里面加了酥油,让父亲在吃不饱时冲这个吃。

抓人者们每个人拿来一个小碗,父亲给每个小碗一勺炒面,他们自己冲水,瞬间,满屋子没有了仇杀,全部变成了面香。

味道可以化解战争。

6

抓人者们从味道中清醒过来后,要求被抓者们留下所有东西作为补偿后离开。

眼看一个月后苏庄的麦子也要熟了,这时候的被抓者们才意识到危机,有了点反抗的意识。

其实这个小货站的工作人员加起来就十多个,除去轮班的,现在在站里的人才八个,与这群麦客相比较,他们的那点暴揍的力气也没让麦客因疼痛产生恐惧。

父亲还没生出那么高的责任感,只是怕这个缸子再往下挖的话,五十元就漏出来了。

其实抓人者们肯定是工于心计的,看得出这群麦客的反意,于是换了另一套说辞,让十二名麦客去贺兰山做工,贺兰山的招工负责人按照人头给货站的一百二十元算是火车票钱。

大伯觉得这个交易成立,去了还能补上这次因为雨水造成的白忙活。

贺兰山上的太阳有毒,父亲就在这一个月中变黑了。

7

一个月以后，回到家中，这年苏庄仅仅有十二名麦客有收成，收成并非来自于麦客这个职业，而是作为毡匠。

父亲此后用以维持生计的众多职业里，毡匠成为第二个职业。他负责的环节就是弹棉花、弹羊毛，大弓的前面拴在房檐上，后面拴在腰间，弦子在弹棍的使力下，发出散发性的弹动，棉花开始发酵了。

父亲一行十二人的家中到现在都放置着一些砚台，这些砚台是他们那一年的证据，一行十二人回来后在集市卖砚台，这也是他们那一年的主要收入来源。

他们被货站的人开车送到贺兰山上后，并没有加入贺兰砚的制作中，而是被分到后勤组当起毡匠来。

晚上没事做的时候，父亲看到所有人都在用铁丝刻石头，他蹲坐在那些刻师的旁边看了几次，就开始自己刻了。贺兰山上的石头温润，磨起来省力，刻起来不易大面积开裂，天生的好刻料。

一行十二人在晚上无聊的时候都刻起了石头，想到什么刻什么。

那时候除去贺兰砚的指定用料,贺兰山上的其他石头是对外开放的,可以随意采取。

8

父亲干的最长久的职业是木匠,那是他十三岁时发生的事情。在十二岁这一年还有一件事情对他有着莫大的影响。

苏庄有种传统的手艺叫画脸谱,脸谱是图腾升华后的行为,把人物性格和人物特点集中在脸上,把人物符号化。

父亲这一年被选定为苏庄这门手艺的继承者,缘由不详,据说有些宗教色彩。继承这门手艺的前提是要成为一个戏子,父亲这一年冬季开始了学戏,大约学会了那么几个角色,就开始了脸谱的学习。

父亲这一年以能默画八十五个脸谱的成绩出师。

9

出师后的父亲需要谢师,脸谱这门手艺在苏庄传外不传里,因此都不是直系接艺,谢师这件事情需要办得很大。

爷爷和奶奶最后决定去奶奶的妹妹家借白面来。

接下这项任务的是父亲和父亲的弟弟。

他俩是拿着两个荞麦馒头上路的,路走了一半,饿得难受,于是把荞麦馒头一人一个吃了。

快到奶奶妹妹家的时候,不敢空手去,这时他们看见玉米地里的大南瓜,就下去挑最大的摘了两个。

扛到奶奶妹妹家时,妹妹骂起了奶奶,说六十里山路,扛两个大南瓜,累死孩子了。

在奶奶的妹妹做饭的间隙,妹妹家的孩子进来要好吃的。父亲和他弟弟左右为难,孩子上来在他俩兜里乱翻,翻出他们俩在路上吃荞麦馒头剩下的大蒜。

孩子不认识大蒜,放到嘴里就吃了,吃了三个。

然后孩子先是哭,然后躺在地上满地打滚。父亲和他弟弟看到孩子像个陀螺似的在地上转圈,吓得拔腿就跑。

在父亲所有的记忆中,十二岁那一年,是所有的开始。

老何

1

在事情未发生之前,老何在水上公园拥有趾高气扬的资本——下得一手好棋。他三个月就成了那片的常胜将军,只等下一波退休的新人发现这片疆场。就连门口被他经常光顾的那个小卖店的寡妇店主也对他有着亲昵的责难,许久不去那里买点东西的话,再去时,寡妇的语气就会展现出一种曾经好像被老何睡过后又被抛弃的感觉,连同眼神也变得哀怨起来。于是老何买什么都尽量去寡妇处买。

有时候老何想,是不是这个寡妇对于谁都如此扭捏,后来想想也就认了,反正自己也没损失。

万事万物都有着前因后果，时间又成了催化剂，一切看上去都是那么多变又复杂，充满了矛盾。

可事情在老何推着的婴儿车里面的小男孩变成一个有兔唇的小女孩后，他所有的一切都被击碎了，连同他辉煌的职业生涯，以及他在老伴去世、次子被杀后，拼尽全力建立起的所有自信。

这件事发生后，老何在外面寻了一天，然后发呆发了一天，第三天，他就自杀了。自杀前，他还是没有想清楚为什么前三个月的日子过得那么平静，每次他都是把孩子放在自己身边，从来没有发生过意外，他一直在提醒自己，让自己的内心不要膨胀得只去关注胜负。

老何在他老伴走之前，还是一位德高望重的老师，他老伴走后，他就变成了一个没有活气的人。他常年在外做校长，自从他在苏庄小学获得名声后，所有的小学都希望他能去他们那里干一任，于是岁月在老何身上开始流转开来了。

老何的老伴最早的时候在集市上卖馒头，接受街道上所有的熙攘和习气，能帮助老何抵御他身上的书生气所裹挟着的天生缺陷，这种缺陷对于老何来说，和自己晚年认识的那个小卖店的寡妇一样令人着迷。

2

老何开始成为一个在人们心中有念想的人。

自从他小儿子在外地上大学被刺死后,他便再一次出现在我们耳边的所有人的日常谈资中,而之前,他只是一位人民教师。

那段时间听到最多的是,真希望老何能扛过去,如果他扛不过去,真是可惜这么一个人了。

在这之前,大家伙儿听到最多的话是,他的妻子在临终前给他做好了八十双布鞋,因为他的脚实在太大,从来买不到鞋,他的妻子身体不好,早早给他备下了后来穿的。

老何的次子长得像极了他的母亲,英俊。英俊不是日常用语,但是大家却从这个人身上开始使用这个词语,大概苏庄的文盲都能在后来对老何的次子说出这个词语。

我的小学现在已经成为苏庄的广场舞阵地了。在二十二年前,我七岁的时候,那一片流传着这样的故事。据说那里曾经是死人坑,每次在操场上玩的时候,动不动就会被绊倒,若用脚踢开那绊倒你的东西,会踢到一根骨头。回想这是什么骨头时,有人就会想到人的小腿,还有人曾经踢中过一个骷髅头,他还拿回家了,第二天又拿回来，埋在学校的地里。

最为神奇的是，学校后面有十几个洞，洞很深，手电光打进去看不见底，为此，我们自己研制了可以放十截一号电池的手电筒，但还是看不到。最后，我们找来了矿灯，看见洞最里面的东西了，那些东西真的不能说，要知道是什么，就得先讲讲我的老校长。

老何给我当了四年校长，教的是我一年级的语文和二年级的数学，我也仅仅是在他教书的那些年还算是个好学生。

我对雨产生纠缠不休的奇妙感觉还有那种万般敬畏的情感都来自于老何的影响。

何玉清身高一米八，戴灰色鸭舌帽，穿中山装，踩布鞋，骑红旗大杠自行车，吃饭用超大的碗、超长的筷子，食量惊人，丧偶，有二子，擅长裱字画，写得一手好毛笔字，戴茶色眼镜，脸黑且长，好白酒，不贪杯。

故事要跳到很早以前，那时整个苏庄正处于最破败的时候，人口凋零，外迁大潮，灾荒肆虐。

何玉清调到苏庄小学前，苏庄已经持续六年干旱，万物犹如死灰。学校的学生都被家里叫回去，每天负责守在井边等水。在这之前，连续十年教育第一的苏庄，因为干旱，学生只剩二十多名。苏庄人为了取水每天往返于隔壁几个村庄，根本无暇顾及孩子的教育。

这一年，校长何玉清新招收到五十名学生，成为苏庄历史上规模最大的招生，且首创了早上六点开始，整个苏庄的上空，必须飘起读书声的壮举。于是那一年，我们看到早上五点的时候，教室里安装好的二百瓦的新灯泡就会发出光亮，那光亮好像给苏庄挖开了一条生命隧道。

何玉清对改造苏庄的坚定，就连上天都来支持。那一天早上，何玉清拿着语文课本，走进一年级教室，说："孩子们，拿起你们的课本，开始把这篇课文读上十遍。"他开心地笑，乌青的脸上青筋膨胀。那天，一年级的学生，把他们在前一天刚学会的一篇只有三百字的课文大声读上了十遍。

在第九遍的时候，奇迹就那样发生了。可能在第八遍的时候，大家的鼻子里已经开始闻到了泥土的气息，只是并没有太在意，而是继续大声地朗读眼前的陌生桀骜的汉字。窗外的雨在读第九遍的时候，突然下得穿成了线。大多数人哭了，一年级的学生根本不会因为雨而哭，那时候还没进化出这种心肝，而是因为这种仪式而哭，大家都觉得是十遍课文换来了一场大雨。

何玉清对大家说："坐下，今天的课到此为止。"然后他蹲在讲台旁抱着肚子哭了，本能的，我们并不知道他在哭什么。

窗外的世界，一片朦胧。我们被何玉清的前后举动深深震撼着。

整个世界被雨水包围,远山变成了雾景,近地变成了河流,教室门前变成了湖畔。多数孩子自出生以来,第一次看到这么大的雨。

何玉清来到苏庄小学的那一年,这个残败不堪的小学依旧还是作为镇小学的一个分支存在,但是它面临两年后被兼并的命运,这里已经连续多年没有出现学区统考的优秀学生了,教学质量严重下滑,无组织无纪律,老师都不愿意来这里教学。

开学第一天,何玉清就在学校最大的柳树上安上了一个大喇叭,然后放歌曲,各种歌曲轮换放,有"啦啦啦,我是卖报的小行家""一把钢枪交给我""常回家看看,回家看看"……一整天,人们都觉得这次开学和往常还真不一样了。

何玉清打算晚上在小学放电影。消息传开的时候,苏庄的人终于又有了一点生气,大家晚上聚集于此。难得的是,真的很少有这样的机会相聚,那些微小的希望,就这样被聚集起来了。那天放的电影没人记得,似乎只是在一个小小的电视机中闪过一些没有记忆的图像。可是大家真的觉得这次确实不一样了,整个学校怎么看上去那么好了。

毕业于苏庄小学的人接二连三地赶回来,开始演讲,开始说他们目前的生活,这些来自天南海北的人嘴里的红彤彤的远方就灌进我们这群渴望远方的人脑子中。

苏庄学生整体亮相那天，何玉清接到通知，让学生都去镇里中心小学领课本。那天是集镇的集市，人头攒动，交易一笔又一笔，何玉清带着苏庄的七十名学生，排成长长的纵队，每个学生都拿着雪白的化肥袋子，对叠后拿在右手中。他们浩浩荡荡地穿越集镇街道时，收获了菜贩子的眼光，收获了行客的眼光，收获了其他学校校长、老师的眼光，连同那些每天给小摊小贩收取税务的工商局几个正在撕票的人都感叹了，这是苏庄小学啊，真是让人诧异。

何玉清最能耐的技术是裱字画，直到二十年后的今年，苏庄家家户户的字画都是何玉清裱出来的，你无需出任何费用，只用带上你买好的纸和画轴即可。他单独收拾出来一间荒废了很久的房子，用来裱字画。何玉清在苏庄小学的四年是惊天动地的四年，比如开始在学校举办篮球赛，开辟出成人组和学生组，使得整个镇里所有村的成年组都需要在苏庄这里一较高下，这样做的目的是让苏庄小学的名声迅速在所有人中传开。果然，何玉清在的四年时间里，全镇小学一到四年级的第一名都诞生在苏庄。

老何那么投入地去做一个校长，其实是在刻意去忘记他妻子离世的事实，这是他喝醉了之后无意中哭出来的。大雪封掉整座山的时候，似乎也封掉了生存的意念。那年开学的那一天，我们几乎是用手一边开路一边走到学校的。学校里新来的语文老师很张扬，围着铁炉子在那里拉二胡。晚上的时候，意外发生了，几名老师喝醉了,铁炉子倒下直接砸在了新来的语文老师的腿上,于是后来我们那里多了一位瘸腿的语文老师,也多了一位喝醉了哭着找老婆的校长。

3

最后一次见到校长是在我五年级的时候。那天天高云淡,万里碧蓝,是记忆中少有的好天气,且这样的天气真的能满足我的诸多回忆。

出发前,我给父亲的老红旗自行车上了润滑油,车链子的每个关节都仔细点了油,然后让我弟弟蹲在那里,用手掰脚蹬子绕圈。他问我绕多少圈,我说你绕十圈后,车轮子要是能空转二十圈就达标了。

为了能完成十五公里山路不下自行车就骑完全程的壮举,我还让弟弟给红旗自行车后座下面加了两个横的脚踏。因为我是"飞鹰车队"唯一一个敢骑完只有半米宽路面,且一侧是田埂一侧是崖的车手,他唯我是从。加上后脚踏的老红旗,用抹布再擦一遍后,在早上十点的太阳下,俨然成了一匹骏马。

这十五公里山路,去的时候下坡都是长坡,控制得当,每个长下坡下去后的缓冲上坡都可以用惯性续力。但是唯有一个地方我没有十足的把握,因为那个下坡不够长,而上坡又来得快,还是七十度的坡,这段需要弟弟跳下车推一把。

要坐我自行车的小弟们,都必须练会这一手,才有资格上我车的后座。

我捏了捏后轮胎的气,给弟弟说打得太饱了,放两下。于是听见哧哧两声,我上去再捏一下,说可以了,不然咱们要四十分钟跑完全程,肯定会爆胎的。

这次出行是接到我父亲的指令,要去我老姨家取今年的西瓜籽。

弟弟拿出我的水壶和他的水壶,把手套递给我。我戴上后,母亲就赶来了,说,行了行了,骑个自行车,你以为你开大汽车哪,看你假得。

给太饱的车轮胎放点气,那坐上去就舒坦多了,优哉游哉的那种舒坦。这一招我是跟我们老校长老何学的。

每周五晚上下自习课的时候,老何就开始收拾自己的自行车,连带着几个被他驯化了的年轻老师也都收拾开来。等我们放了学,他们就给校门挂上一个大锁,回家去了。起初年轻的老师是不回家的，周末也待在学校，但老何发现他们周末总是把这个学校搞得一塌糊涂，于是提议他们都回家，于是他们都有了自行车。

我和弟弟上路后，就发现今天做了一件特别傻的事情。连续三个月的干旱，致使路面全是浮土，车轮胎驶过，只要速度稍微快些，浮土就粘到了刚上了油的车链子。我左思右想，和弟弟说，有尿就憋着哈，万一车链子被泥糊住了，你就给冲掉，当然最好不要出现这样的情况，不然就证明我此次挑战的失败。

很顺利，我们到了这次挑战中最长的那个下坡，大约有四百米的样子，坡底后紧跟一个一百米长的上坡，因此我们做好了全速下冲的准备。我观察了路面，早上十一点左右，路面干净，没有一个人来干扰，于是我加速蹬了几圈，为了减少阻力，我低下头，身体往前趴，尽力和自行车保持平行，弟弟藏在我身后，和我保持身形一致，阻力减到最小。没有风，我也没捏一点手刹，于是我们的红旗就像一只猎豹，快速地往下冲。

冲到一半的时候，前方一百米的上坡走下来一个人，他也很快到了坡底，然后下了自行车，开始上我正在全速下的这个坡。这时候我有点紧张，万一给撞上不太好，于是我开始喊，睁开眼看路啦，睁开眼看路啦，睁开眼看路啦。

然后我就看到了校长何玉清。

他的脸已经老得像个哈密瓜。这时候我捏手刹，我和弟弟肯定摔出去十几米，于是我就只能点刹，车速稍微减掉一些后，我从前面的横梁上下来，一边捏着手刹，一边用两只脚在路面上蹬地做减速运动，鞋底都快磨穿了，这才在校长何玉清的面前停下来。

我上前问候几句，校长还记得我。问候完毕，校长继续前行。我让弟弟从车上下来，站在那里，直到他消失在我的眼前。这是我给自己的第一个校长，也是第一个老师的最高礼仪。

我这才让弟弟掏出"水枪"，哗啦啦地往车链子上冲去，浮土和润滑油和着泥，都被冲掉了。

二哥

逢赌必到的二哥接受过无数个赌局的邀约，唯一拒绝的那次却让他遭遇了一场灾祸。

二哥喜欢戴帽子，他的头骨比一般人的脆弱，那次事故削掉了他一半的脑壳。用手指头戳过二哥那半被削掉的脑壳的人都说，那里面感觉像是水，也有人说感觉像是肉，最准确的描述来自二哥自己，他觉得像他老婆的乳房。

二哥在车祸前后的人生，一段像藏在冰箱的肉，一段像晾在房檐上的萝卜干。

1

二哥只是个称谓,其实他还需要管我叫小爷呢。二哥天生有点卷毛,说话稍微带点结巴,过分喜欢干净,微胖。

大年初一早上,集镇的人去给二哥的娘——五大奶奶拜年的时候,总喜欢往二哥的炕洞里面扔两个炮仗,如果二哥还没有醒的话,大家就会去厨房把他们家水桶拿出来,一个不行就四个,扣过来放到二哥门口,在下面放上大炮仗。如果谁能把二哥轰起来,可以跑去二哥的死党那里领取一百元。这个玩笑一开就是很多年,很多小孩都在这个玩笑中长大。

那年雪铺满整座山,枯瘦的日子像一下子丰盈了,我获得了那一百元。

我那天看到二哥提着裤子,露出红色的内裤——第三个本命年的他还未娶到老婆——踩着鞋就踉跄着推开门了,说,小爷,好了好了,今年终于轮到你了,明年该是你弟弟了吧,你们这些小鬼蹿得好快呀。

我们都在那里笑着喊,不是我们快呀,是你太懒啊。

二哥是集镇上出了名的懒汉,女子都知晓他的恶名。

他爹刚吊死那几年，二哥喜欢给小朋友们讲自己每年出去打工的段子，有农场的，有工厂的，有煤场的，中间还有不少少儿不宜的段子。就是因为这些段子，我们会不由自主地联想：二哥并不想娶一个普通的女人。

二哥也是唯一一个能讲得清楚集镇所供奉的那五个神仙的故事的人。

说到二哥的文化水平，二哥应该是集镇的同龄人中最聪明的一个。那时候我们听到的最多的一个笑话是说，二哥每次出门打工都带着他的高中毕业证，因为二哥是集镇第一批高中毕业生。

2

后来，二哥脑袋受伤后，获得了一种天赋，成为集镇最会种庄稼的人，几乎所有的亲戚朋友的地都被他承包了，但是他的心里却念叨着要写出一部好小说。

一部小说已经在二哥心里酝酿了好多年，故事大概是讲他在自家后院的鸡窝里铲鸡粪，刨出一个香炉，然后就把香炉放到后院作为喂鸡的盛器。后来来了一个收破烂的软磨硬泡地非要收走一些东西，二哥让他去后院随便捡，收破烂的钻进后院搜寻了一番，相当失落。原本他认为二哥家的后院是一个宝藏，后来折腾半天只捡起了那个被鸡食和鸡屎糊住看不清模样的香炉，给了二百元拿走。此时二哥突然醒悟，追上那个捡破烂的要回了香炉。后来通过鉴定，发现这个香炉价值千万，最后二哥家的所有人都被卷入了分割祖宗遗产的风波中。

二哥每每给我们讲这个故事的时候，都像是第一次讲一样，总是特投入，但是我们几乎都听过六次以上。二哥脑袋在受伤后就不那么好使了，但是每个人依然会很耐心地听完，这种尊重是我们在二哥脑袋没有坏的时候就一直抱有的。

这事儿得往前倒推几十年，从二哥成为集镇唯一的大龄剩男说起。

那时候二哥喜欢看武侠小说，当其他人早早起床干活的时候，他的房门紧闭，直到大家吃完午饭的时候他才拉开窗帘起床，看看院子里的太阳照射的角度，判断是中午还是傍晚。

时间久了，年纪大的人骂他是个废物，年纪小的人觉得他是个懒汉。他几乎在那时候就看遍了所有武侠小说，要放到现在，二哥估计也能成为一个网文大神。

3

二哥的聪明有可能遗传于他爹,他爹是集镇最好赌的人,能养活三个儿子完全靠赌出来。二哥老爹最负盛名的传说是说他可以连续七天不睡觉,在自己家里同时玩八种。管得严的那几年,他们就在地下开辟了场地,钻地洞。

二哥家里有一间很神秘的房,房间没有窗,没有门,在外面看完全不知道从什么地方进去,据说那间房就是当年二哥他爹用来赌博的地方。在我十五岁的时候,我用一百元买通过二哥的儿子,带我穿过他们家后院的窑洞,然后走过地道,迂回到那间房中,房间是二层格局,里面什么都没有。后来二哥他爹因为欠了赌债还不上,自己在这间屋子中上吊了。

二哥老爹吊死前一年,大哥就娶了老婆分出去过了,家里剩下老三还在念书,于是二哥不得不担起这个责任。起初,二哥在猪市场里清理猪粪,接着就被集镇最著名的屠夫马一刀看上了,带着他宰杀集镇的所有大肥猪。马一刀是不需要人帮忙的,一个人一头猪,动作干净利索。当时我看见过二哥的姿势,他一刀子扎进去,猪就跑了,猪血洒得到处都是,撵上去得补刀子,被我们嘲笑"懒汉杀猪，都跑不过猪"。二哥的第一个职业就这么完了。

估计二哥那时候曾把自己比作过杀手，但是他明显入不了正派。于是他开始奔走各地，外出打工。

4

二哥的天分真的是某天无意中发现的。梨花开的时候是天气比较暖和的时候，桃花开完接着是杏花，梨花得娇气地等到最后才肯笑。这时候就到了刮驴蹄子的时间，家家户户把驴牵出来，来找吴骟匠。这天头年新生的一头驴不识泰山，给了吴骟匠一后蹄，老吴就当场躺下了。这头驴就成了"明星"，看来是头出力的好驴啊，这蹄子一定要给收拾利索了，不能等。游手好闲的二哥就这样上前把大木棒斜靠在墙上，一把抓起驴蹄子，让驴腿打个弯，蹄子朝外，挥着镰刀上去，一刀利索完事。

在场的人都看傻了，此后集镇刮驴蹄子风就这样流行起来了。

二哥成为吴骟匠最得力的徒弟是次年的事情，那时二哥的自行车上都扎着彩条，彩条的数量象征着他们骟掉的牲口数量。往后几年中,二哥成为集镇炙手可热的骗匠,一时间财源滚滚来。

5

二哥钱多了以后,就开始不务正业了。有什么样的爹就有什么样的儿子,人们这么认为,二哥也这么实践。二哥确实喜欢赌博,按照后来人的说法,二哥真的像极了他爹,尤其在赌场上的那个劲头,就连眼神都和他爹没两样。二哥的赌名盛传在外,有钱,有本事,是个著名骗匠,好赌,豪赌,这样的人,大家都喜欢找他玩。二哥机警聪明,加上他老爹的遗传基因,没多久他就暴富了。于是,他在一些人的怂恿下,参股买了大卡车,跑长途挣更大的钱。起初是跟车,后来就自己开,开一路赌一路,但从来不伤财害命。小赌怡情,二哥也不想走上自己老爹的老路。

天气好,有大活就在外跑车;天气恶,就在家里做骗匠。二哥做骗匠已经不再是为了挣钱,而是为了一些零嘴。

在这几年中,二哥积攒了不少喝醉酒吹牛的事故,小事故大事故都有。

记得他在描述第九次车祸时这么说，车已经翻下去了，但他自己又爬起来坐在方向盘上，心里念叨着，这次要是能活下来，一定改行。

车连续翻了五次，第六次没翻过去，二哥活了下来。

接着二哥改行，做起载客的生意，小面包车跑短途。

6

一旦遇到冻雨，集镇到洛城的车就只剩下一辆，那就是二哥的车，唯有二哥这个命大的人，敢挣亡命的钱。

二哥就会给车轮子打上铁链子，然后再嚣张跋扈地喊，去洛城的哦，去洛城的哦。唯有这个时候，二哥才会再次恢复原先那种神气劲，因为他之前可是响当当的大车司机，亡命天涯多年，九次车祸后，大难不死改行开小车。

二哥说他算过命，这一生呀有十条命，他得留着最后一条过下半辈子。

二哥这一生好像迟早要出点事。那天的冻雨实在有些异乎寻常,路面上基本没什么人了,只剩狂风在肆虐。二哥开着车爬上山顶往家赶,路上远远看到一个从山上往下走的女人,女人远远地招手,好像一路在往下滚。二哥看冰雪未融的山上那抹红色过于抢眼,过于撩人,二哥说他一直没放弃想要经历一次艳遇的机会。

女人上车后,操着一口普通话,她说坐车路过这里,贪恋这里的景色,就下了车,在山上待了会儿,下山之后等了好久都没车……这个女人妩媚又性感。

那夜,二哥并没有给她找到旅馆,而是直接带她回了家,安置在自己家中。女人拿着照相机把二哥家里拍了个遍,用以证明她是摄影师的身份。二哥对女人的渴望是受到武侠小说的影响,于是在遇到比较书卷气的女子时总是会愈加迷恋。

第二日,女人说要包了二哥的车去磨石峡,说那里的景色更美。

就在前一天,二哥接到了隔壁庙镇的一个赌局邀约,在思量后,二哥依然给去庙镇的人捎了话,说自己不去了。此时的二哥不再是一个贪恋赌局的骗匠,而是一个祈求爱情的司机了,他想象着自己身份转换后的美好生活。

7

三个小时的车程快结束的时候,女人说要转到李庄去找同路来的人。二哥对这一带不是很熟悉,下车问路人,最后还是找到了通向李庄的路,但是一路上的路况越来越让人揪心,看路面和四周基本可以断定这个李庄几乎是没人住的庄子了。

二哥心里也没有多想,默认摄影师们肯定是喜欢这种奇怪的地方。车最后停到一排破房子前面,女人下车走进那排破旧房子里。二哥在车里点上烟,等待女人带出来她允诺的两个结果:一个是承包三天的总费用,另一个是下一个目的地的名字。

一路上二哥对这个女人从钦慕到怀疑,觉得这女人给人一种说不出来的感觉,有些问题,但是二哥想了,一个外地人能把自己怎么着呢,自己多年跑长途车,也没遇到啥事,可能是自己想多了。

二哥在车上点上烟思量着。突然门里涌出十几个男人,跑过来就把二哥从车上扯下去,先是一顿暴打,然后抢了车上所有的东西,包括二哥准备好去庙镇用的赌资。

这是一群瘾君子。二哥想起集镇的人说,磨石峡的很多村庄都已经没人了,都是毒品荼毒的。

这时候说什么都晚了。那些人并没要了二哥的性命,而是把二哥捆住放在墙角三天。三天中那些人打牌、抽烟、吃饼干、吃泡面,喝积攒的雨水,然后轮流和骗二哥到这里来的那个女人缠绵。后来,二哥把这个情境描述成——这是他最后一条命了。

第三天,其中四个人拿刀逼着二哥,要他开车去八里庙那边的霍庄。他们并不知道霍庄的路,于是二哥载着他们上了路。在路上二哥一路想着怎么逃跑,但是那几个人一看就是惯犯,不给二哥一丝机会。车在路上疾驰,二哥在某一瞬间想着要不就这么开出悬崖,都死了算了。

8

二哥左思右想,反正都是死,索性死得壮烈点,被这些人捅死的话就有点窝囊了。于是他把车开到八十里弯——著名的死人山上。从这座山下山要经过五十个连续的大转弯,每个大转弯都死过人,每个大转弯都可以踩足油门冲下去。

车上的几个人觉得苗头不对,对二哥说,他们只是去拿货,让二哥配合下,他们不会要二哥的命。二哥没信他们的鬼话。每个转弯处，二哥都会想起从前的自己，直到第三十三个转弯处，二哥的车飞了起来。二哥还是像上次车脱离地面一样，坐到方向盘上，等着车往下翻。

二哥这次的命并没有以前好，半个脑袋摔没了。车上的四个人死了三个，一个腿断了，警察去李庄把余下的一窝端了。

二哥出院后，记性就不怎么好了，但是逻辑还是清晰。大家都说幸好二哥比较聪明，即使没了半个脑袋，也还和正常人一样，要是换成笨的人，肯定变成傻子了。

二哥后来娶了个老婆，一个特别踏实的女人，话不多，特能干，带着二哥种地，主持家事，但是对外都把二哥撑在前面，给足二哥男人需要的所有脸面。二哥经过多年研究，最终成为集镇最会种庄稼的人。

后来有人调侃他说，二哥，走啊，去玩几把。二哥会回答，算了算了，我太懒了啊，你们玩吧。只是二哥还留着他做骗匠那些年的自行车，车上的彩条崭新崭新的。现在二哥的重心不太稳，后来他只能骗自己家的小猪仔了。

今年快五十岁的二哥，每年七月会到各家各户去送钱，钱是承包别人的地的分红。他去的时候，骑的自行车还是扎满彩条的那辆，路上遇见小孩就说，小鬼，小心你的鸡鸡。小孩子都认识这辆自行车，吓得哇哇大哭。

葱姑娘

葱姑娘一定对自己发起的那场战争念念不忘,那场战争结束了她湿漉的内心,开启了她另一种干裂的生活。

洛城到目前为止最大的一次群架制造者便是葱姑娘。

葱姑娘的生活就像她前二十岁的记忆,一半在江苏南京,一半在甘肃洛城。

记性不好的姑娘不多见,一辈子可能就遇到一个,葱姑娘就是其中之一。

葱姑娘是我们当中最早把自己交给生活的人,她提早就开始和生活较量,等我们开始较量的时候,她早早就收了场。

葱姑娘试过改变自己的命运以及出身,但厄运就像厨房的抹布,沾着了油腥,再也洗不回最初的洁净。

前几天去超市买菜,一个老奶奶在那里骂,这个超市疯了,一斤葱卖八十元,看她买的,两根十元。我心里想,如果我告诉她我们小区外面的葱是五元一捆,她是不是会当场晕过去。后来我就放过了老奶奶。

但是我决定不放过葱姑娘,把她的那些内心的潮湿拿出来晒晒。

葱姑娘,姓韩,名丛,因喜欢吃葱而闻名。

长得好的姑娘有很多特权,葱姑娘吃葱就是个例子。

葱姑娘发起那场战争的勇气可能来自于她唯一的支柱倾塌后的负气。她用一个承诺找来了洛城最大的社会组织,大概加起来有八十多人,这些人中有洛城驾校的所有学员和洛城神户保安公司的几十名保安,他们的领袖是洛城唯一的乐队主唱马汨汨。

马汨汨的要求是葱姑娘做他女友。

战争的另一方是刘芳,刘芳背后的势力来自母亲的新欢控制的洛城餐饮界的厨师、服务员以及所有蔬菜供应链的青年劳动力。

地点约在已经半干涸的河滩上,挖沙机器已经把那里掏得像蜂窝煤了。

战争在学生晚自习后十点开始,持续一个小时,最终结果是十七个重伤,二十五个轻伤,有一个差点没命,后来抢救及时活了过来。

事情最后全部是私了。马汩汩没有得到葱姑娘,马汩汩的父亲因为在任职期间管辖片区发生大规模群殴而调离,马汩汩也离开了洛城。

葱姑娘有个奇诡的毛病,一动脑子就头晕,还因此晕倒过几次。医生判断是神经衰弱,因此葱姑娘休学一年,比我们都大上了一岁。

葱姑娘的衣服都好看,一看就不是在我们本地买的,她也是一直没把自己当成我们那地方的人,她喜欢穿黑色。

如果要用一个比喻句来形容葱姑娘,那就是白天鹅的蛋放进了鸭子的窝。

长发时期的葱姑娘柔软温柔,像一尾鱼;短发以后的葱姑娘隐忍笃定,像一把刀。

在暗恋葱姑娘的这群人中,我是第一个被葱姑娘分着吃葱的,这件事情让班里其余男生都对我耿耿于怀。

因为他们觉得葱姑娘分的葱肯定和其他的葱不一样。

我说了,真的和其他葱一样,吃起来辣,吃完嘴里有味道,然后时间长了嘴里就发涩。

他们就是不信。原因是,他们觉得长得那么好看的女子,她吃的东西肯定也是特别的。

可是我和他们说,葱姑娘也上厕所呀,不信你们下次跟着她看看是不是这样。

男孩子惯常觉得漂亮的女孩子什么都特别。

葱姑娘长得着实好看。

葱姑娘也是那一届高一学生中头发最黄的,只是后来我们都知道原来她的头发是天生的。

因此,我们都对葱姑娘的血统抱着怀疑的态度。

葱姑娘一般不喜欢说话,但是时常保持着微笑,这个笑一点都不假,是那种甜笑。

我问她:"你咋每天都笑得这么甜?"

她说:"因为每时每刻都在想阿甲。"

阿甲是哪位?

阿甲是葱姑娘的男友。

葱姑娘和阿甲从小学就认识,阿甲说了要娶葱姑娘。

"可是,听这个名字,阿甲不是咱们这里的人呀。"

阿甲是南京人呀,葱姑娘也是南京人。

"哦哦,难怪你说咱们这儿的方言时,那么好听,是后来学的呀。"

"是呀是呀,我初中转学到这里时,每天说普通话,都被同学们排挤。"

"他们那是不会说还想说,还说不好就不让你说。"

葱姑娘后来被学校选定去演小品，学校多少年校庆，葱姑娘说让我给写一个。

后来我写了一半，她看也没看就不要了，说阿甲写了一个，阿甲写得可好了，阿甲还去上海参加作文大赛了，就是韩寒参加的那个，只是后来没得奖。

太好了，没得奖。

第二年我也去参加比赛了，但是连入围的资格都没有。

这个事情可不能让葱姑娘知道啊。所以我赶忙毁掉所有证据，去邮局给那个收信的胖阿姨送两个南瓜，封住她的嘴。

我们年级每次考试，都有五个人数学考个位数，葱姑娘就是其中一个，她其他课的成绩也不好，缘由是她的记性真不好。

葱姑娘从小开始学画画，她想考南京的大学，想通过考试迁回南京去，她说她一点不喜欢我们洛城，感觉这里的男人都不好，全世界只有一个好男人，就是阿甲。

那时候有个会写情书但是满脸毛的男孩子叫柳成，和葱姑娘坐同桌，天天写一些美好的句子给葱姑娘，后来追葱姑娘没追到，倒是练好了文笔。二〇一二年的时候，柳成因为文笔好被提拔到城里了。接着柳成还自费出版了一本最美句子大全，这本大全里的句子倒是有很多成了网上流行的 QQ 签名。

同学聚会，我们都说葱姑娘无意中培养出一个作家来了。

那天是期中考试,全校都在寂静无声地做试题。我做到一半觉得实在都不会做,就提早交了试卷去网吧看小说,刚到校门口就看到葱姑娘睡眼惺忪地走进来,说自己忘了今天早上考试。

葱姑娘忘记的事情很多,忘记交作业,忘记下午有体育课,忘记今天是星期几,忘记自行车放在哪里。

"你小时候也这样吗?"

"小时候不知道,后来来洛城就这样了。"

"去医院检查过?"

"嗯,没什么事情?可能是我太想念阿甲了。"

"这个阿甲真是该死。"

"不许这么说他,他很帅气,哪里像你们洛城的男子都那么丑。"

"我们都是吃土豆长大的,和你们吃大米长大的长得不一样。"

"反正你们就是丑。"

在父母刚开始闹矛盾的那些日子里,葱姑娘首次感觉到男人的可恶。

半夜父母在吵架,葱姑娘被吵醒后,听见父母在抢葱姑娘,父亲说自己要带走,母亲说自己要带走。接着二人就到葱姑娘房间开始拉扯上了,把葱姑娘扯来扯去,葱姑娘哭了。

那次父亲打了母亲,母亲蹲在墙角哭。

父亲说，小葱不哭，长大了我供你读书，上大学，让这个死女人滚。

父亲和母亲起先是很恩爱的，也是自由恋爱结的婚。父亲先时髦起来，在外面有了女人，母亲只能眼睁睁地看着他瞎闹，总不能也找个男人。葱姑娘这时候是小学四年级，和隔壁班里的阿甲住在一个小区。葱姑娘对阿甲说了自己家里的事，阿甲说他们家按摩院的女人也很多，他见过不少女人都和自己父亲在办公室抱过。阿甲说，他还看见其中一个女人和他爸爸的好朋友林叔叔也抱过。

阿甲说这些是希望葱姑娘明白，全天下父亲都是一样的。

可是葱姑娘说阿甲没有妈妈呀，自己有妈妈，父亲是不能抱其他女人的。

后来葱姑娘的父亲出车祸死了，轻卡撞上了小轿车，最后看到父亲在太平间，盖着白布，是她最为恐惧的颜色。

父亲死了不到一年，母亲就把自己嫁了，嫁了后才给葱姑娘介绍那个男人。

葱姑娘和阿甲说，妈妈是不是早就有了男人，为什么父亲死了没多久，妈妈就着急把自己嫁掉了。

阿甲不知道怎么说，说男人和女人的事情我们小孩子搞不清楚。

第二年，葱姑娘和妈妈要跟她的新丈夫离开南京，他们的目的地是西北的洛城。洛城开荒,房地产生意兴隆,大型商场需要更多人来投资。

男人本身就是洛城人,也是离异,孩子女方带。

葱姑娘不想走,约好了让阿甲带自己藏起来。他们从家里凑了不少钱,打车上路了。

路上遇到车祸现场,死亡人数在十人以上,胳膊腿都分开好远,满世界都是血。阿甲先看到的,然后一把捂住葱姑娘的眼睛,说不许看不许看。

葱姑娘好多年后才知道阿甲是怕她再看到车祸。

在车站葱姑娘和阿甲被母亲抓住,阿甲的父亲也来了。

葱姑娘那次就觉得阿甲和自己的父亲不一样,他能给葱姑娘安全感,于是葱姑娘定了心,要和阿甲过一辈子。她没给阿甲说过这事,就藏在心里当小秘密,葱姑娘觉得阿甲是能给自己遮蔽世界丑陋一面的男人。

只有柳成厚脸皮在葱姑娘那里要过阿甲的照片,想看看多帅,葱姑娘不给看,柳成说:"那你说说为什么喜欢吃葱吧?"

葱姑娘说:"吃完葱就想哭,哭了就能放松,刚来洛城的时候特害怕,大家说话都听不懂,想哭哭不出来,结果一次饿了吃饼子,吃了两口葱就哭了。"

"那你为什么不吃洋葱?洋葱蜇了眼就哭。"

"你那是眼睛在哭,我这是心需要哭呀。"

柳成赶紧拿起笔记录下这名言。

葱姑娘特瘦,说话慢条斯理,带着一种礼貌客气。

高二分文理,葱姑娘就改学音乐了。她画画没学出什么名堂,文化课那么差,就只能学音乐了,最后补补分。葱姑娘嗓子好,音乐老师还挺喜欢她,给她开了不少小灶。

只是她的仇人在她最顺当的时候来了,班里加进来其他班的文科生,其中有个叫刘芳的女孩子,是葱姑娘继父的亲闺女。

刘芳一来就传开了葱姑娘她妈妈是怎么样勾引她爸爸的,导致她们家四分五裂,把葱姑娘和她妈妈描述成狐狸精,加之葱姑娘确实长得好看,反而侧面给刘芳的言辞加了不少证据,在同学们的眼里,葱姑娘的漂亮这时候变了质。

刘芳成为葱姑娘所有信息的发布者,这令我们反感但又喜欢,我们那时候恨不得知晓所有,又恨不得一点不知。知晓所有是想葱姑娘丢掉傲气,一点不知是想保留葱姑娘的傲气。

葱姑娘剪了短发的时候,距离她到洛城已经有十年之久。

这十年中,她一直试图努力回到自己的出生地南京。

那年葱姑娘第一次到洛城时,看见的全是低矮的土楼,街道小得容不下人行道,全城的红绿灯总是不合时宜地亮了又灭。

路过的洒水车放着《世上只有妈妈好》,满街的男孩子都长得一股子匪气。葱姑娘感觉这里离坟墓很近,有一种将死的压迫,她下定决心,越早一天离开这里越好。

葱姑娘用暑假的时间去南京看阿甲。她寻遍阿甲他们家的按摩院,最终在一个沙发上看到躺在下面的阿甲和骑在上面的女人,女人脸很小,胸还没发育,甚至都不如自己的有肉。

葱姑娘回来后就剪了短发,她觉得自己唯一一颗能解开命运中的困苦的纽扣被系了死结。

而后,葱姑娘策划了那场战争。那场战争的意义非凡,可能让葱姑娘觉得自己成了洛城的人。

再也回不去的南京,再也不想回去的南京。

战争发生后,我们再也不敢和葱姑娘开玩笑了,柳成也不敢再厚着脸皮到葱姑娘那里问东问西。

高考结束,葱姑娘没考上任何一所学校,在洛城开了家理发厅。三年后,嫁给了她店对面卖太阳能热水器的男人。

后来男人发现葱姑娘的所有账号对应的密码都是一个男人名字的全拼:王旗甲。

柳成后来说,他和葱姑娘交换过一个秘密。

葱姑娘说,依赖阿甲,因为自己记性不好,所有密码都是阿甲的全名拼音,要是心里不惦记阿甲,这些东西就全忘记了,全世界只有阿甲能给自己保守秘密。

后来反抗，是觉得自己活得失败，失败在各种蝼蚁耗子都可以肆意进出自己的生活。

柳成的秘密是：他自己去南京看过阿甲，一点也不帅，但是那男的后来到了洛城，开了一家太阳能热水器专卖店。

阿
霞

这个故事是我前天晚上想起来的,想给我老婆说,但是她睡着了。

我在村初小读完了四年级,考进了镇中心小学读完小。完小在一个山头上,四周都是大林子,各种树乱七八糟,没有路,全是草,经常在里面看见各种没见过的鸟和小动物。从林子走小路回家比较近,但是林子太大了,一下雨我就迷路,所以下雨了我就走大路,大路是穿过集镇的一整个街道,而晴天就走小路。我逃课穿过一次那片林子,走大概一个小时才能走到林子尽头,尽头是悬崖,悬崖下面是一片大峡谷,一眼看不到底。

四年级暑假的某天,我自己一人跑去看过镇中心小学的样子,大门锁着,我就在那里溜达。学校外面有个小姑娘,特别白净那种，和我见过的姑娘都不一样，那种干净往外推人，衣服的颜色也素净，扎个马尾，头发整齐服帖，我们村里的女孩子头发没一个有那么顺的。开学后，她也在我们班，她个子很高，只笑，不说话。

我们班设置了一个图书角，用班费采购了三十多本书，有作文书，还有一些文摘和世界名著。班主任是语文老师，有点文学爱好。因为我是学习委员，就管理起了这个图书角。起初来借书的都是登记一下，后边也没规定多久还，这样导致很多书都丢失了，流通也有问题。我就想了办法，一本书借走一星期就要还一下，没看完的可以直接再借走，保证了流通和不丢失。

某天我去县城我二哥在的印刷厂玩，看到他的借条，写的是"借书《×××》，几月几号"，然后落款，这是一个长方形小纸片。我就问二哥，这种纸条还有吗，给我点。我二哥给我找了三本，每本都有一百来页，原来这是作业本裁下来的边料，都是装订好的，牛皮纸封面。回学校后，我就开始让大家在这种本上写借书条，还书时把借书条撕下来给借书人。

时间久了，大家都不喜欢撕掉，在上面直接打个叉完事，到了六年级还这么做。到小学毕业了，我考到了镇初中，还有一批同学考到了其他的初中。我整理东西，翻出这两年里的借书证，突然想做个统计，看谁借书最多。用了一下午时间，我发现借书最多的是那个扎马尾的女孩。

大家都叫她阿霞。

我听过一些她母亲的事,因为太漂亮,风言风语很多,我也没当回事。初中开学后,她和我又在同班。我成了生活委员,有一次她值日,教室玻璃擦得不干净,我让她再擦一次。她站在凳子上,哆哆嗦嗦的。我说,那就算了吧。初二一节美术课,我们两个人的班合班上,于是就当了一次同桌。我没想到她画画得那么好,连我的美术作业都帮我做了。之后我的美术作业她就给包了。有次她给我写了纸条,说喜欢我。我没给她回纸条。她学习虽然中等,但在年级里也算美女。

我那时候对女生还没什么感觉,过了几天我哥们儿说他喜欢阿霞,让我帮忙传东西。我就帮忙给传了好几次。初三后,我考上了县一中,阿霞上了中专,我那个哥们儿也上了中专。中途我那个哥们儿还告诉我他一直和阿霞有联系,阿霞就是不同意和他处对象。

二〇〇七年吧,我大一那一年,我在我们集镇街道里看到了阿霞。她从马路对面过来和我打招呼,她说,她哥哥给她带了我写的书,她都看了。我说,那太好了。她哥哥那时候已经在我们镇中学教书了。

然后到了二〇一六年,我想方设法把初中同学微信群给建了,那一晚不断有同学被拉进来,但是一直不见阿霞被拉进来,我就问我一个特别念旧的同学:"阿霞呢?"同学说:"你记得她?"我说:

"记得记得。"他说:"算你小子有良心,我们那时候都喜欢她,都去表白,都被拒绝了。"我说:"她这么狠啊。"他说他拉了阿霞,阿霞可能去村里工作了,没信号。我说:"她在干啥呢?"他说:"阿霞是川镇副书记了。"我说:"这厉害了。"

阿霞后来又去上了大学。阿霞进群里后,大家都发红包欢迎。我加上她后,我说:"好久不联系了。"她说:"是啊,你结婚了吗?"我说:"嗯呢。"她说:"有孩子了吗?"我问:"你结婚了吗?"她说:"等不了你,就嫁了。"我说:"这玩笑开大了。"她说:"不开玩笑。"然后在群里,她时不时说一两句,用词很平常,就像我四年级暑假那段印象中的女孩子,特别素净,话很少,一直笑。

唛头

一个人需要隐藏多少秘密，才能巧妙地度过一生？为此，我可能会被人称为一个可耻生活的告密者。

0

在我知道唛头从集镇的优秀少年变成洛城的社会青年后，我的人生也开始分裂，生出各种疼痛，这些疼痛本使得我想不断加快生命的时间，结果反而是这些疼痛致使我不断妥协和苦斗。

我真的不希望我后来看见过他。

我宁可相信他的生活是在他离开集镇时那般光明，抑或是他在洛城时那般强大。

我想，他也肯定不会希望他后来的生活被人知晓，甚至他可能也曾猜想过再也没有熟人能知晓他的下半生，就那样隐藏着直到自己藏不住时。

在那么多年的大雾笼罩中，唛头被命运丢弃在群山包围的洛城。

但就是那天即将来临的暴雨让整个街道乱了。天空的乌云黑压压的一片，重得马上要掉下来了，远处的山头已经被黑暗吞并，眼看暴雨要侵吞一切。

洛城的雨点大得像成了精的杨树叶子。

就在这凌乱中，我的视线中走进来一个人，这人的身影让我有种瞬间被冷冻的感觉。

他站在狂风乍起的南巷街头，毫不顾忌大风的侵袭和漫天飘起的像低空的云朵的白色食品袋，他是那么坚毅地继续摇着鼓风机的手柄，眼睛里藏着故事，爆米花的那口锅在他那里变成了一颗炸弹。

我站在十米外，心有余悸地确认了这人就是唛头。

很快雷声起来了，唛头爆掉最后一锅，随后天上下来的雨像卷着仇恨一般吓得他跑了。

1

集镇的人，都在盼望一次逃离，逃离集镇的生活成为这里的人此生的目标。

可能从每个人出生后不久，就被父母灌输这样的思想。

唛头在集镇生活的时候，憨厚老实，是集镇小学毕业的优秀学生，他的奋斗事迹在老师的口中一轮一轮地相传。

据说唛头早上可以用五分钟背会《为中华之崛起而读书》。

唛头是很蔫的一个人，半天打不出一个屁。唛头最喜欢吃土豆粉。每当秋高气爽时，集镇就迎来做土豆粉的时节，这时候我们就每天被迫吃一堆凉拌土豆粉，因为唛头喜欢吃，他后来考上了好中学，上了重点高中，因此我们都得吃。

唛头的姐姐蝴蝶是集镇最早那一拨被说成神的孩子，唛头姐姐的作业本一直在我们学校一级一级地流传着，我是亲眼见过的，整洁规范程度不亚于老师的教案。

唠头的姐姐我只在传说中听过，她很早进了城，离开了集镇。

蝴蝶长得好看，可能就是生错了地方，所以她加速蜕变，完成了逃离。

那时候是集镇最繁华的几年，随后集镇的人口数量开始下滑，直到蝴蝶的作业本不再适合给后来的学生展出，课本也变了新版时，集镇的人口少到一个小学都开不下去。

唠头那时候在爹妈的严管下，超速度成长。我中考时再一次见到他时，他离开集镇已有八年之久。

在我的想象中，八年后的唠头已经在大城市中被完全同化，娶一个城市的女人用以改变自己从集镇养出的土气。

约莫在我上小学五年级的时候，我见到过一次蝴蝶，我应该叫她姐姐。那天早上因为我妈妈看错了表，我提前一个小时到了学校，教室没有开门，我在操场上闲逛，就看到蝴蝶从我们校长的房子中走出来，远远地散发着一股令人冲动的味道，然后上了停在门口的车走了。

2

　　我青春最旺盛的那几年,最大的心愿是想收获一个像雪娟的女子,然后可以带着她去私奔。有空余时间的时候,我都会想这件事情,把这个女子想象成我有可能认识的每一个女子的形象。

　　不过到我消耗掉所有的期望之后,还是没有一个像雪娟那种执拗的女子出现在我的青春中。

　　高中三年,我每天下晚自习后都会骑车到雪娟的小超市去买"海洋"烟抽。

　　雪娟是唯一一个把烟拆开按根卖的小卖部店主,价格就是一整包烟的价格除以二十。

　　其实她这里不单单有我一个粉丝,虽然这时候的雪娟已经动不动抱着孩子在那里喂奶了。

　　偶尔,外面台阶上蹲着的不知死活的小子会说几句:雪娟的奶子真是迷死人了。

　　雪娟的超市比较偏,但是雪娟用这样的方式卖烟吸引了不少男学生,慢慢的,男学生嘴里雪娟雪娟地叫,女生也就跑去了。

　　中考迟于高考一个月,却是同一个考点,全部在一中。

中考作文我写的是"私奔",甚至在高中三年,我每天幻想着带一个女子私奔。为此,我每天寻找着那个长得像雪娟的女子。直到后来,我可能是在回家的路上遇见了那么一位女子,我尾随她穿过所有街道,最后看到她消失在一排宏大的建筑中。

后来我再也没有见过这个女子,无论我在这个女子消失的那个路口还是在任何她有可能出现的时间段等,她始终没有再出现过。我甚至怀疑自己只是做了一场梦,但事实是我那天可能真的遇到过一位这样的女子,她穿着外校的校服,有厚密的马尾,有高傲的姿态,有执拗的眼神。

3

初中考高中,我去县里找我们镇上在县里上学的学生借宿了三天。那三天,高中是放假的,整个县城就空了一半。

我和我们班四个同学找到一间合租的屋子,屋子在二楼,屋子中有三张床。三张床的主人其中两人是集镇的,另一个是白镇的。

就是这个白镇的小子,让我知道了六年前有这么一件事情。

这个小子叫白葵,第一次高考差一分就能进北大,他报的是北大中文系,后来他没复读,而是从高一又重新读了一遍。

他说正因为这次重读才知道了我们县当年最大的那宗悬案。也由此,他觉得读书这件事情,成败丝毫都没有意义。

这天他在房子里收拾东西,他说自己这次要是再考不上就不读了,决定把自己的所有书都分给我们,以鼓励我们好好考,争取能考上。我们四个中两个是考一中的,另外两个是考三中的。

那天来了好几拨人,基本上把白葵的东西都分完了。

最后白葵拿出一本书,说这是本有故事的书。他上高一那一年,第一个租下这个房子,打开门时发现了这本书。

这本书可能是从门的底缝中塞进来的,书没什么特别,就是一本普通的语文参考书,特别之处在于扉页上写的话:

不确认你还回不回来这里,我偷偷跑回来只是觉得你更喜欢你的梦想,无数的猜疑使得我再也没有坚定的信心和你在外面漂着了。

后面的署名是雪娟。

白葵说自己上高中这几年,一进学校就听说了这个事情,洛城首富家的姑娘雪娟拿着家里的好几万和一个穷小子私奔了。

在各种流言的传播之下,白葵一次一次确认那件事情的结局,最后他通过房东打听到,确认那个小子曾经就住在这里。在白葵搬进来的第二年,房东转手了房子,去了更大的城市。再也没有人知晓那个小子的信息。

我第一次听说这件事情时,它竟然已经在洛城流传了整整六年,这六年中,最煎熬的是白葵,他是唯一一个知道雪娟的这个男人是谁的人。

洛城最确凿的流言是说雪娟花完了钱才回来。而白葵是知道真实原因的人。此时的我不知道雪娟是谁,也不知道那个带着雪娟私奔的男人是怎么样的一个人。

这个雪娟确实就是那个雪娟,白葵再次确凿地说。后来获得这本书的人是我,也正是如此,我才在那天晚上迫不及待地跑去想看看雪娟这样的女人。

我看到了一双有故事的眼神,就像被暂时关在牢笼中的狮子,那双眼睛张望着门外的远山,我第一次感觉到有故事的女人原来也带着这种哭泣的美。

到后来我想过,白葵可能和我一样,是被这个故事的余波波及到的人。

4

在中考的那两天,我的内心充满了不可思议,感觉在集镇时沉寂下的内心顿时像开启了一个炼钢厂,火星子直冒。

在偷偷看到雪娟的第二天凌晨,我们起床后去吃早餐,发现门口躺着一个人,人睡得死死的,身上零散地撒落着一堆钱,全是百元面值。

我们都悄悄地说,别捡,别捡,肯定是这人在试探我们四个,我们捡了,他醒来肯定就要更多的钱。

但是等买早餐回来后,门外站满了人。那人说他钱不见了,肯定是我们四个拿的,说丢了有一千多,需要我们几个拿出来,不然就把我们几个送警察局。那个胖子的头上已经没几根毛了,肚子大得也让我们心生惧意。

我们几个假装和那些人争辩,然后我偷偷从窗子溜了出去。我跑出去搬救兵,大约找了有几十个同学,说明了情况,大家说我们都是学生解决不了这些事情,得找几个像样的人来解决。我们集镇的人在洛城有点事都会去找汽车东站的王彪来解决,于是我们跑去王彪那里寻求帮助。

王彪一听情况，说让我们回去，一会儿就会有人去处理这个事情。

5

在唛头离开集镇八年后，我在洛城见到了他，这时候的他只要过来说一句话，就可以让那些胡搅蛮缠的人迅速滚蛋。

而从雪娟私奔那件事情成为洛城最大的悬案到距我知道雪娟这个名字，已经过去六年时间。

这件事情让从集镇来的学生都感到不可思议，其实我们心里都已经隐约有些感觉了，唛头已经不是我们心目中那个完美完成逃离集镇计划的人，他在洛城有了另一个身份。

我家住在距离唛头家二十米远的地方，我大概四岁的时候是个捣蛋鬼，可能对唛头有过什么污言秽语，曾经被他用瓦房上掉下来的碎瓦削掉过脸蛋上的一块肉，这道伤疤现在还在。

唛头告诉我们几个，今晚考完试哪里都别去，在这里集合。

其实唛头这顿饭的意义在于堵住我们的嘴，以保留他在集镇人们心目中原来的样子，不让集镇人失望，也别毁掉集镇人那个逃离后就能活得更好的盼头。

我们中间有个胆大的问唛头，为什么还在这里？

唛头对我们集镇的人可能有极大的忍耐度，他说世界不像原来想的那般，不是想怎么活就能怎么活的。

唛头只是重复着，不能让集镇的人知道他成了洛城那帮混混的头。说只要我们上了高中，他就罩着我们，至少保我们三年。

这其实是我们四个第一次进城，内心有说不清楚的恐惧，倒是唛头这些话，给我们增添了几分安全感。

6

后来，我们四个确实到了洛城上学，但三年中没见过唛头，我们有时间聚在一起，聊唛头。我们都觉得唛头肯定已经关照过这大街小巷的混混了，不然怎么没有一个人来找我们的事。

我们走在洛城的道上，总觉得每个看上去有点可疑的人都是唛头的人。比方说小偷、乞丐、车手、夜市里那些打手、歌舞厅那些看门的、台球厅里面半夜出没的短裙女。

唛头隐藏得很好，可能住在山上，有人一周去山上给他汇报一次。总的来说就是我们觉得那么聪明的唛头，肯定在洛城有一个看不见的王国才是。

后来我们还是觉得现在唛头的形象比那个集镇的优秀青年唛头要高大得多，渐渐的我们对集镇人那种默认的逃离计划有了另一种认识，我们猜疑着，可能每个逃离出集镇的人后来过的生活都不是我们想象的样子，就像我后来看见的蝴蝶。

有人说看见了唛头，在一个屠宰场，而不是在山上，穿着长长的雨鞋，皮围裙，手中拿着钢刀，在一片猪叫中穿梭，看哪只不顺眼就宰哪只。然后那几年，我们几个就不敢去冷库后面那个屠宰场。唛头这件事情越是时间长了，越是压着我们，不敢想也不敢回忆。

回家看到集镇的人还是在不断拿唛头作为案例给更小一辈的孩子讲，我们更加确认，逃离集镇这个活法，实在是集镇人给自己的后人撒下的的巨大的谎言。

我曾经假设过，有没有可能唛头就是那个带着雪娟私奔的人，这样去想象的话，实在很美妙，美妙到我兴奋难眠。

7

雪娟此前的故事只能成为传说，无从考究。

我也没办法再做一个告密者。

只能从现在奶孩子的她开始说起。

雪娟怀中那个孩子的基因来自于另一个男人，这个男人在洛城拥有五个大超市，雪娟负责看管的是最小的一个，男人对雪娟的好，我们能感受得到，只不过我们也能感受到雪娟对男人的不好。

雪娟有姣好的外表，同时还藏着富人家长大的肥胆，二者结合后的女人要么遇到一个自己欣赏的男人，要么嫁一个会过日子的男人，反正这样的女人多数年轻时肯定经历过大逆不道的事，因为随时有重新开始的人生资本。

可能我们都觉得雪娟是个有故事的女人，才喜欢到她的超市买烟，她也是唯一愿意为学生赊账的店主。

有时候个别学生欠账多了，时间长了拖着不给，她便会写一张大字，贴到学校里。

大家都知道雪娟是不想整欠钱的小子，她要是想整你，她男人还不把你给弄残。

雪娟在她超市旁边开了一家租书店，那时候网络玄幻小说刚刚兴起，全是那种大厚本，这可抓取了不少眼球，又招揽了一群喜欢看书的学生到超市那边去消费。

这时候的雪娟已经渐渐安逸了，看着她，就像看着她的一辈子，怀揣着过去，安想着未来。

8

八年后，洛城的论坛中出现了一个帖子。

帖子主要是在曝光雪娟私奔那件事情，感觉像一个尘封的档案到了公开的时候。

这个帖子像一个解药，解了我的毒，我希望这个信息能被白葵看到，能让他也好过些，能让他觉得不是自己一个人撑着这个秘密。

事实上，唉头确实是带着雪娟私奔的男人。

这件事情，在这个时间段被大家知道，而不是在唉头和雪娟人生中最精彩的时候，我感觉这是对他俩的不尊重。

我内心猜测多年的怀疑有了答案。

但是这件事情还是始终纠缠着我，雪娟和唛头到底是怎么认识的，怎么能私奔，他们私奔去了什么地方，几年后为什么都回到洛城？

雪娟当时已婚，唛头未婚。

我继续猜想，唛头是在洛城以自己的方式照看着雪娟吗？

白葵的房东说过，那时候的唛头从来不说话，活得像个隐形人，有时候都感觉不到唛头的存在。

9

在看到那个帖子后几年，我去洛城办事，路过雪娟的超市，进去看了看，店已易主。我打听雪娟的下落，店主说他们举家搬迁到省城了，她男人生意越做越大。

我想着唛头是否也去了省城，之前我一直通过我的父母打听唛头的生活。父母告诉我，唛头后来再也没有回过集镇了，他父母去世得早，家里的院子已经塌成平地了。

在洛城办事那段时间,我还是一门心思想着这件事情,这件事情在我心里就是洛城这个上千年小城的所有故事,这个城里就只有两个人,一个是雪娟,一个是唛头。

不幸的是,命运再一次和我开了个玩笑,让我看到了唛头的后来。

唛头变成一个中年人,卖爆米花的中年人。我原本想着他还是一呼百应的洛城老大,而现实就是他要在暴雨前爆掉最后一锅。

我站在雨淋不到的地方,又一次猜测了心里的这个故事的结局。

我想着,我们是不是在年少的时候有过辉煌,哪怕地方再小;

我们是不是在年轻的时候拼力爱过,哪怕不计结果;

我们是不是犯了错后,用最大的能力补偿,哪怕舍弃所有;

我们是不是曾经历硝烟弥漫,哪怕最后的人生并不完满。

时间检讨书

在现实意义上，我活得相当失败。

这一点从前些年父亲给我的电话中能够得以证实，他经常会旁敲侧击，说你的同学在省城买了房，你的某某叔叔上个月搬去海口了，你的某某伯伯搬家到重庆了，家里现在就剩下不多几户人家了，就连某某寡妇都在县城买了新房了，咱们家还是最破的，房子都快塌了。

父亲懂得语言的艺术，他知道他这么说最有力量。我知道这些在他眼里也都算不上什么了不起，他也就是说说，要真让他迁到城里，他肯定也不去，因为他需要赡养自己的母亲。

他说这些的时候像在说自己那失败的人生，我明白他的意思，他是不要让我如他一般。

他年轻时也是一个文艺青年，写文卖字，搞秦腔。但他从来没有扼杀过我的想法，从来没有，有时候还会助力我，他是位好父亲。兴许他想过我有机会实现他那些夭折的梦想，但看我人到中年还没什么响动，于是就唾弃自己的痴心妄想，也唾弃了我。

紧接着我家里连续六年都在盖房子，完全是把我小时候的记忆全部拆了，挨个翻新了一遍。

兴许我太眷恋我快乐的童年了，我对住在我家周围人们不断换新的房子，不断迁徙去城市这种举动没有丝毫感觉，我还是觉得旧的好，觉得家里好，但父亲生活在那个环境里，我理解他的焦虑，理解他的面子。

我本来想解释给他听听，我这些年在北京到底在干些什么，但我话到嘴边又不知道说些什么。是哦，这些年在北京干了些什么，说也说不清楚，我真的无力解释我的贫穷，无力解释我在实际生活上的无能，也无力解释我为什么不去专注于挣钱。

我知道只有成功了才可以讲，一次次的失败都没什么可说的，但我也想不明白，怎么样才能让他认为我是他满意了的儿子。

我真是打心眼里不喜欢城市，我喜欢住南北都有窗户的房子，喜欢小区周边有大树林子，有水。

母亲和父亲的表达方式不一样，母亲很早就笃定了自己的命运，她说人生来就是受苦的。待在我在北京二环租的房子里，她躺在床上睡三天就惦记起地里的活了，她要回老家去，她心急，待不下去。

她问我，你为什么不住在郊区呢，你侄子说，你租房子的钱都能在老家买好几套房。我笑一笑不回答她。她好像特别喜欢老家那片土地，醉心于和一些农村妇女生活在一起。她说，人这一辈子很难活。

母亲从来不提及我的失败，她一直说我的脾气，说我的为人处事，劝说我对别人好一点，尤其对那些对我好的人，一定要感恩。

我也解释不清楚我为什么喜欢二环而在这里住了多年。我感觉就是习惯了吧，我喜欢环境带给我的记忆，环境会储存东西，它能蓄住气性。

在我的亲人中，最有艺术家气质的不是那个年轻时英俊手巧手抄几百本秦腔台本、下雨天和我趴在炕上看电视时看到一张新的曹操脸谱就光脚去捡纸来临摹的父亲，也不是年轻时看了无数文学作品、到现在还在惦记写自传的老丈人，而是我的妻子和我的母亲。她们有天生的艺术家气质，其中最超脱的气质就是无畏，生活时时刻刻都在冒险，随时可以毁灭自己，她们只在乎当下。

我的母亲在我的人生里一直扮演着给我力量的人，因为我生命里出现的奇迹都发生在她那里，她相信该来的都会来。而我的父亲，一个平稳的男人，一个把责任当天赋的人，他充当这个家的齿轮。我的父亲从来不喜欢求人帮助,但当他通知我必须去这么做的时候,我就知道他该想的办法都试过了,不然他是不会和我这么说话的。他的要求或者请求都很重,有时候像山一样压过来,让我毫无喘息之隙,父亲在他绵延的生活里过得很压抑。

我和我父亲太像了,但是我比父亲要更迷恋奇迹,我父亲信奉勤劳致富,而我没有奇迹就活不下去,于是我喜欢我妻子的艺术家气质,和她在一起,我觉得生命才是生命,活着才是活着。

我的童年很稳定,在我出生前家里翻修结束,于是在我离开家乡之前,家里的环境始终没有变过,也因此我有了无限的童年记忆,这些记忆换来了我写作的源泉,也让我形成了自己的性格,让我遇到了我的爱人,遇到了我的朋友,他们欣赏的和唾弃的都是我的记忆塑造的我。

这得感激我父母在年轻时的勤劳,相比较我那些生活动荡的小伙伴的父母们,我幸运多了,家乡给这些人留下的记忆是不安,是严寒,是悲惨,他们因此那么讨厌家乡而热衷于迁徙。但我父母肯定不知道他们年轻时的勤劳换来的是儿子对改造老家的抵触,是对"美好生活"的淡漠,要是他们知道这件事情,兴许会后悔在我出生前就安家置院,收拾齐整。

我一直不知道怎么和自己的父母相处,这是真的。

我和父母在一起的时候,我们都相互过分体谅,我们的相处方式永远都是通知对方一下，我们很少商议，因为不想给彼此添麻烦。

在北京生活了几年后，我把自己活坏了，这是真的。那种空阔的梦没了。你问我哪里坏了？我说我把自己过得太真实了。

这不是我，我应该拥有土匪的习性，妓女生活的飘零，嫖客事后的洒脱才对。那种随时能丢掉一切结束自己，这才是我。

今年北京的天气变幻无常，只要一变天，我就知道家里也变了天。这么多年了，老家的天气和北京的天气在我心里有些许奇妙的关联，有时候想啊，这是不是我自己臆想出的，分不清现实和梦境。

这时，老家的微信群就会发来照片，我侄子侄女们会单独给我发雪景。今年的春天，老家无缘无故就开始下雪，他们知道我喜欢家乡的雪景。

在家乡的雪景里，我能看到七八岁的我在下午放学后站在深灰色的天空下，抬头张望着纷纷落下的雪花。他看着环绕四周的群山，安静地一动不动，他那么小，但那么安详，像个活了一世的老人般。雪迷了他远眺的眼，也淹没了他的脚，他那么喜欢这旷野，那么喜欢这空无一声的大地。

他站在那里喊一句："啊——"干巴巴、空荡荡。他羞涩地低下头来盯着脚面，羞涩退去，他抬起眼，那时的他从来没有想过远方，还有期许。

我从未想过过好此生，这不是悲愤，而是无果，是不贪恋，也没什么至死方休。

这不是我自己在深夜的哲学设问，而是朋友的疑问。

这个答案不知道从何时进入我的脑袋，就在北京的风中，我给他吐出这么一句话，我从未想过能把此生过好，也没有下定决心去过好。

不是此生不值得，也不是没有人值得，而是我未下定决心去过好此生。我并不知道什么样的生活是好的，也没具体想过自己要成为什么样的人，我倒是想过在什么时间死去，在什么地方，什么季节，以什么样的方式死去。

我从来没有想过翻山越岭会遇见谁，赴汤蹈火肝脑涂地去行事，我只是轻柔舒适地随性走。我这般飘零的心里容不下任何坚定的信念，信念对我来说是一种极大的困扰，信念从来不是丰碑，很多时候对我来说是坟墓。

这个世界早就准备好了一切，只等待着不知为何而来，又不知为何而去的我。

没有街道的城市

我在小镇长出了野性，然后在北京服了老。

天气一凉，我就成了个瘸子，是两年前撞膝盖留下的毛病。我老婆给我贴上膏药时说："你终于服老了吧。"

我从来没想过我会服老啊，"服老"这词和我有啥关系，网上流传的"油腻老男人的十条标准"我都没中招啊。

我明显感觉到自己与之前年轻时有着很大的不同，其中最大的不同就是：奇迹少了，飞跃少了，生活里再也没了传奇，丝毫谈不上什么诗意，再也不会随口吐出一句信誓旦旦的承诺了。

我老婆说我年轻时有种随时玉石俱焚，天不怕地不怕的狠劲，现在这些都消失殆尽了。

那时真是没有什么事不是太阳重新升起后还忘不了的，即使遇上再大的病痛,只要每个器官睡几觉就好了,面对失败,永远都是下一次、下一个。

有个媒体采访我,问我这些年在北京都干啥。我想了想,这些年在北京啥也没干,唯一一直坚持的就是写小说吧。

我是二〇〇六年到的北京,到北京上学。我记得第一眼看到的是北京西站。我下了火车,出来在报刊亭买了张地图,走到世纪坛对面马路上的电话亭,给我已经分手的初恋打了个电话,说:"我到北京了,我离梦想近了。"我初恋长得像陈乔恩,这是我后来才发现的,那时候我不认识陈乔恩。但是我初恋的胸和屁股都比陈乔恩有料多了。我用了一下午步行到天安门墙根下面,累了,我躺在长椅上就睡着了。一觉醒来,夜深人静,路灯放亮,一时我恍惚地不知道自己在哪里。

第一次想到北京是初中二年级,我有两个同村结拜兄弟,虽然我们在辈分上差着三个辈分,但是我们还是结拜为兄弟了。我们说,我们二〇〇八年时一定要生活在北京,后来只有我一个人把这件事当真了,那两人后来一个在兰州,一个在银川。

第一次想写东西是在高一,我们班有个姑娘,写的作品一直在《读者》刊登。这姑娘长得好,心气高,是我们班唯一一个不论春夏秋冬都系着围巾的姑娘,我觉得这个姑娘符合我对情人的想象,看起来也挺好睡的。她坐在我前面,我问她的梦想是什么,她说:

"当作家。"我那时候不知道作家还能"当",我一直以为作家是厂家生产的,就是天生的那种,一出来就是作家。后来,我也想当作家。

这姑娘现在在我朋友圈里卖面膜。

我第一次对小说有感觉是因为我结拜兄弟中的一个,他前一晚看完小说,第二天早上就给我讲,坚持了整整大半年,才讲完那本书,我后来才知道那本书是《白鹿原》。我听得可入迷了,人家早读都在背书,我俩在太阳窝里讲小说。后来就是高二那年,我在我们新华书店看到了一本《许三观卖血记》,我坐在地上看了两个小时不带喘气的,翻到封底看到余华留着胡子的照片时,我才下定决心像一个作家那样去生活,像一个作家那样去写小说。

十几年过去后,在北京这雾霾天里,有天下午,我在上班,耳机里放着《灿烂》,突然之间我哭了。我不知道为什么哭,我只是感觉牢笼般无望,我的眼前是田野,是连绵起伏的山丘,是那种宁可在喜欢的事情上肝脑涂地地流血,也不愿在不喜欢的事情上投入心绪的偏执,是决死般努力,迷恋般一往无前的心跳。

三十岁以前做梦,梦到的都是未来,三十岁以后做梦,梦到的都是过去。

我们的身体在三十岁以后会逐渐背叛自己,不论你在年轻的时候多么善于伪装,多么努力去掩饰,个性也罢,改变也罢,想要搞一些区别或者走向一种同类，甚至你也在排斥骨子里的基因，但你却越来越想吃故乡的东西，越来越记得过去的人、事。惧怕、孤独、繁芜，似乎有层很厚的油垢蒙住了你，鼓起的肚子、凋零的胃、易损的关节、不再坚硬的心肠，曾经的错误所导致的惩罚也终于在这个年纪追上了你，生活从来不会轻易放过一个喜欢走捷径的人。

我理想的生活是娶个借过我橡皮的"同桌的你"，在小镇过着那种有点小无奈、钱不多、稳当但是有些紧巴巴的日子。我一直向往大城市的生活，但只是向往而已，并不想去大城市生活。我想着有几个死党，每个死党都有些小能耐，我们也时常去做点坏事。老婆有点小脾气但也和我相互尊重，不丑也不好看，是个外圆内方的女人。在小镇，我们守望着，看到彼此的全部。分歧、和解、撕扯、归于平和，然后又循环，秋天爬山，冬天去踩雪，她有鼻炎，我有风湿，相互嫌弃又依偎。

在北京，我以前有个兄弟，他的口头禅是：放心，但凡是我给你搬家，一张纸都不会剩下的。他善于装车和整理，力气也惊人。于是他经常出现在我们这群北漂青年的"搬家庆典"上。后来他漂不动了，回了老家，结了婚，生了娃。某天我在地铁里听见有人在电话里说：放心，一张纸都不会给你剩下。我瞬间泪如雨下。

人事浮沉如大风一般，一吹倒一片，一吹消亡一堆。

二〇一一年，在天水到北京的火车上，我见到了五年级藏我笔盒的那个姑娘。她到石家庄开会，我到北京上班，火车是晚上九点从天水出发。五年级时的她就天生一头红发，她父母在我们镇是出了名的俊男靓女，那时的她穿着红色裙子，美极了。可悲的是我那段日子不好过，她把我笔盒藏了，我以为我丢了，找了一星期找不到，没笔写作业，不敢和家里说。她还跟我说，我还以为你会找到我来要回去呢，你怎么就想不到是我藏起来了呢？

　　我和她都赶上了我们省教育改革，她没有读六年级直接去了初中，我当时学习比较好，为了给学校提高升学率被老师忽悠读了我们那里的第一届六年级。她硕士毕业后在兰州做了外科大夫。火车上匆匆一见，留了个联系方式，不久她联系我，说要不要给我发个她的照片。我说可以。她说发个瘦的吧。我说都行。她在发过来的照片里其实很胖，和五年级时的那个小仙女一比，现在的她简直是个大妈。她说，她要结婚了，丈夫也是个医生。我拉扯了几句祝福的话。她说小学毕业时就想送我一张照片作留念的，没来得及，以为再也联系不上了呢。

　　我们纷纷向灰色的生活扑去，扑倒后也不哭疼，因为我们被驱使在洪流中，只有那些逆流而上的人喊疼才有味道，才有汗津津的真诚，才有洋洋洒洒的才情，才有被人大声疾呼的喘息。

后记

我所接受的文学教育

1

　　我和妻子谈恋爱的时候,在我们第五次分手时,我带着她去东直门往北的那个过街天桥上,她手里拿着燕京罐装啤酒,我拿着罐装菠萝啤。那时候我还习惯抽七元的红塔和四块五的中南海。直到二〇一二年我戒烟后,"红塔"和"中南海"成为我青春的关键词。

　　站在桥上看南面马路,可以看到北京西站,火车能到我老家,看着马路我能想起自己前几十年的所有情绪,忧愁得像个宝宝(指正儿八经的宝宝)。朝北面能看到机场高速,这条路可以通向世界各地,能看到自己所有的坚定和未来。

　　树木茂盛,夏日的气焰虽然嚣张但是压不倒我俩不顾一切往前冲的狠劲。那种狠劲现在想起来连我自己都觉得佩服。

妻子是一个让我着迷的女子,她有自己的理想,有内心的向往和对才华的钦佩。她是个能预见自己所有未来的女子,她掌控着自己。她的每个动作,都像是年轻女子独有的内心才能散发的忧愁,老天让我得天独厚理所当然地享受这种忧愁。这就是青春带给人们的甜美折磨。

这时候的我们没有任何对世界的恐惧,张扬地蔑视着生活馈赠的磨难——那时的我们惯于把这种磨难看成些微小的不美好。但事实上只是那时候的我们信心比现在足罢了。

第二天我们俩就分手了,她要去沈阳当律师,我还要在北京追寻自己的梦。我初中一年级就有了去北京生活的梦想,到现在从来没有改变过。

我和她站在二环上,我抽烟她喝酒,聊未来。

她当时是很带劲的那种文艺女子,有时候我跑去睡她,她有时候跑来睡我,她睡完我就会把我家里收拾好,走掉,这种感觉就像神给我的一种独特体验。

那时候的她是个麻利的女子,我觉得我可以第二天消失在她的世界,去寻找一件很虚无的,甚至只有我一个人能懂的事情,那时候的自我是胜于一切他物的。而且我也随时幻想自己能在全世界各地遇到像她这样的女子。

世界在我眼里很大，有无数种可能，甚至当时还有个女子和我说，她会在大学毕业后找到一份教书的工作，然后安置好一个家，随时迎接风尘仆仆的我。去年我联系上这个女子，我问她结婚了吗。她说等不及我了，把自己嫁了。在对话中，我能感觉到她是我所有同学中，唯一一个还能在同一个频道上对话的人，感觉得出她对自己的要求不是在小镇上做一个老师。肯定的，这样的女人，说不定某天就腾飞了。

我说："你看这就是北京的二环，它和三环四环都不同，它势利到种的树都是贵的、好看的，它的过街天桥上很少有小广告，这里人也很少。因此，不管我怎么穷，仍旧一直坚持住在这里。这里能让人有种力量，一股不甘于安逸的力量。"

她喝酒，说："树好大，好茂盛。"

后来她去东北了，我接着急匆匆地行走，也留心身边还有没有这样的女子。其实那时候我和她都还不甘心就和对方过一辈子吧，第一是我们自己还不够好，至少野心上还没有满足，第二是我们都处于尴尬的生活状态，但又有种莫名的自信。

我在北京穿过四季，穿过各种新旧柏油马路，穿过各种贫富差距的小区，在这里思考、沉沦、崛起、受挫，不断遇见各种高端、低俗、卑微与失败，嗅到不同人的心理底线。在茫茫的北京，我会仰天然后低头，眉头紧锁，牙齿紧咬。

我最最惧怕的是人,在那种人山人海的地方,在那种走四个红绿灯还走不出住宅区的马路上,在超过十栋楼的那种小区,我感到极度压抑,因为这种地方容易让我失去思考的能力。

看到的全是吃喝,看到的全是交易,我觉得无时无刻自己都会被淹没,成为一个发不出一点声音的人。

我怕错过每个机会。

我喜欢黑夜的到来,因为它宁静,有压制感,能让万物得以归顺。

北京最大的诱惑力是它的多样性,它承载着无数只能在这里实现的人生。

2

我老婆问我:"你对我的爱有多饱满?"

我说:"我的爱总是时有时无。"

她生气了,说:"我对你的爱也总是时有时无。"

我说:"我不是对你的爱时有时无,而是我的爱总是时有时无。"

我继续解释，我是一个很敏感的人，且对所有事情都全身心投入的一个人，让我长时间同时做两件事情，我就要崩溃。

因此，懦弱的我掌控不了自己的爱，我的爱总是时有时无。

多数时候，我觉得活着很糟，自己很糟，对生活没有丝毫眷恋。

少数时候，我又有那么一丝觉得生活还是有滋有味的。

这种状态反复循环，很折磨人。这种状态反映在生活中，就是严重缺乏安全感。

3

在北京，每天我们面对的结果，一个是离失败远了一步，一个是靠成功近了一些。

对于我这个没有梦想的人来说吧，这些都无关紧要。

失败者，总是不约而同地抗拒自己的身份。

成功者，总是不约而同地配合时代的需要。

失败或者成功，似乎对现在活着的状态而言已经无关紧要，而进化成了我们伪装自己的一个工具。

我们可以把所有无法归置的感受简单地区分开来。

我们把活着的勇气或者不易都简单地归为没钱，但其实还有更复杂的，那些让我们更加癫狂疯魔懊恼的东西纠缠着我们的内心。

电影《立春》我看了好几次。

里面有句话，大概意思是这么说的：你跟世俗生活水火不容，可我不是，我就是不甘平庸。有一天我实在坚持不了了，一咬牙随便找个人嫁了，也就算了。我不是神。

主人公还说过，我是宁吃鲜桃一口，也不要烂杏一筐。

电影《孔雀》里面三个孩子有三种人生，姐姐是和理想的世界过不去，弟弟是和自己过不去，哥哥是和自己爹妈过不去。

都活得很拧巴，前半辈子都是在对抗、较劲。有一天妥协下来了，就异常沧桑、安静。

我们活在现今社会这种复杂境况下，突然觉得这两部电影中的人物品格越来越可贵。

早上在网上看到一本书，上面写着：过大众的生活，做小众的人。

这种活法在现在尤为可贵，这是在找寻自己和这个世界和谐共处的一种方式。

不太古怪，又不要太世俗。

上班下班，偶尔紧张一下，也就是和老婆吵架时，脑子要跟上，找寻一些素材吵赢她。

唯一值得说的就是，还好，还是坚持没有让世道改变自己。

也感谢老天，感谢命运，没让自己去做一些违心的事情。

我似乎就是这样一年一年坚持下来的。

4

我不能使劲直腰，一旦使劲，腰会传来积压多年的酸痛，这种酸痛持续时间很长，像对美色的贪恋，会一波一波兴起，传递给我的信息是：刚刚那一波是上星期工作累的，前面那一波是昨晚加班累的，最后还有一些去年的，还有前年的。

一直攒着，好像在等一个时间集中释放，这个时间往往就在生命终结的那一会儿。

地铁上的我正在这么思量，扭头一看右边的女子，一眼就相中了她的眼皮，眼皮很清爽，我看不到她的眼神。在她还没发现有人在关注她的眼皮时,我转头看着左边的几乎能占两个位置的大胖子,我俩的腿相互紧贴着,他的每个呼吸都能传递到我的心脏。而我又一次想起那个清爽的眼皮,忍不住再一次转头去看,这一次女子感觉到了,她怯怯地收了收腿上的包。

能听见隔壁车厢里乞讨的歌声传开了,可能在四年前,车厢中还有断臂、无下肢的人在乞讨,他们使用音响来引起关注,而现在人们已经见不得那种惨了,换来的是躲避。这是因为人们的忍耐度下降,接受度下降,承载灾难的能力下降了。

于是乞丐变异了,一个常人带着一个烧伤或者眼瞎的残疾人,前面的人或许以年纪大作为资本,或许用部分残缺来博取很复杂的东西,有可能是同情,有可能是怜悯。重点在于后面跟着的人,他必须是残缺的,但是他很努力地学会了一项技能,传递给大家的信息是:他为了生存苦练了一门手艺,或者他本身是可以成才的,只叹命运不公。

于是后面的乞丐带来专业的歌声、娴熟的快板、优美的二胡。

传递出来的故事是母子、父子、爷孙。

乞丐的变化多端完全受制于被乞讨人的同情心和对事故、意外、灾难想象力的变化。

后面那个人的歌声基本上比原唱更有味道,语气中全是故事,就像我们懊恼的一个学院派作家那么好的文笔为什么就写不出体制外作家的那种质感一样。

乞丐走到我的正前方,我在心中更正了一下他的称谓,他们是乞讨者,我是被乞讨者,这是我对他们的尊敬,也是我对自己的怜悯。

但是我再也没有两三年前的那种脸红心跳了,再也没有那种看到他们失望的眼神后就愧恼的感觉。在四五年前我刚进城的时候,不论遇到多少乞讨者,我的兜里总是有零钱递向他们,那时候我想我的收入还有生活习惯和他们是匹配的。

我小时候生活在村里,后来到县里上高中,村镇县没有精神正常的乞讨人,如果他们是乞讨维生,那就表示他们的精神是有问题的。我们习惯叫他们疯子,但是这只是个名字,对他们的过去我们怀有某种敬意,因为他们是承受过苦难的人。这种苦难对于我们那片土地上的人来说是一种渡劫。

跑到村里的第一个乞丐窝在我们家门前,缩着发抖。我跑回家拿出我们家的大馒头,只让他吃,我知道不能给他水喝,我妈妈给乞丐吃的时候说过,他们不知道饥饱,吃多了喝水会撑死。兴许真的有种人心的磁场,路过我们村的乞丐都会跑我们家一趟。在我初中的时候,我第一次呵斥了他们,那天我妈妈跑进来喊我,说快快,疯子跑家里来了。她很怕他们,但还是一直救助这类人。我走出屋子,看见站在院子里的疯子,我说你出去,你出去我给你拿吃的。他听不懂。

我说,那你跟我来。招手,他跟我走出了我们家院子。我头一次遇到胆子这么大的疯子。

高中的时候县里有个疯子喜欢吃拉面。我是怎么知道的?因为我有时候给他买包子,有时候给他买油条,他都不喜欢吃。我有次给他买了拉面,他就特别高兴,每次在马路上见到我就对我笑。后来他被一个有钱人拉走了,坐在一辆拉石头的车上,去了远方。

在北京生活五年后,我看到乞丐,再也不会抬头看一眼,心里念叨着,快点走过我,走过我。当他和我建立起的乞讨和被乞讨的关系解除后,我的心里松了一口气。

于是我看到我对面的老妈妈翻开自己的兜拿出十元钱,坐在我左边的胖子呵斥了老妈妈,老妈妈尴尬地合上了包,看了看胖子。

你可以断定的是他们俩人的身份关系和正在乞讨的这两人的关系一致——母子。

乞讨的母亲转过脸来恶狠狠地瞪着胖子,胖子没有看到她的眼神,我看到了。那是一双从博取同情一瞬间变成恶魔的眼神,令我一个将近三十岁的男人有些恐惧。我转眼看到刚才故作镇定看小说的那双清爽的眼皮下面的眼睛,她也看到了恶魔的眼神。

我很遗憾,右边的女子看到了这样的一幕。她约莫十五六岁,再一想,算了算了吧,她才十五六岁已经到了我三十岁才修炼到的层次，刚才乞讨者站在她面前时她几乎和没看见一样。看她皮肤的光滑度，她可能出身在城市，在这方面估计她的进化早于我多年。

乞讨者在几个拿着大包小包的看起来很慌张的人那里讨到了钱，那些人的慌张可以看得出他们是第一次遇到这种情况，他们的脸色发暗，仓皇迷离，像极了五年前的我。

而那时的我是无法体会到一竖直腰就无比酸痛的。我想起我的童年，早上要去挑水，晌午给地里的人送饭，中午在地埂上躺平看蓝天，下午转进树林子中去想象离奇的冒险故事，使劲跑出树林子到最南边的悬崖处，脚下一刹，辽阔映入眼帘，冒出几十座连绵不绝的山头，最远处天际模糊，山的那边还是连着山。

5

在很长一段时间内，我每天睡醒后会陷入无止尽的绝望，这种绝望来自我长时间对工作对自己用力过猛。我常常用力过猛。

我坐在床边，往事纷至沓来，我对生活产生了漫无边际的厌恶。

可是幸运的是，我并没有被这种东西牵连拖垮。我其实不知道怎么自救，我不知道自己是怎样抗争过去的，过半个小时，我会好起来，出门，再一次钻进没有尽头的生活中。可能在内心的成长方面我是幸运的，不知道是以往的经历救了我，还是长久的阅读救了我，无从查证。

那时候创业发财的故事每天频繁出现在财经杂志和网站论坛上，那段时间天空从来没有太阳，我看到的人都汗流浃背，公交车上全是被成功学洗了脑的人。

高一时我的同桌是个声音洪亮的女子，她的生命力很旺盛，旺盛得可怕，她的头发是黄色的，她的肤色带有俄罗斯的基因残留。她把书上的资料撕给我，说按照我报给她的生日，我是狮子座的。我看了她撕给我的狮子座的介绍，我觉得这一点不像我，我觉得我不了解自己，也没人了解我。

后来我无意中又看到处女座的介绍，我觉得我像处女座的人，但是我知道自己是狮子座。后来，有人说这个是按照阳历算的，我才知道我是处女座。人们把人按照星座分类，人是可以分门别类的。

我从小学开始，每次考试前，我都去卫生间尿一次，我会在心里默默祈祷，一定要考好。那时候身体很好，能尿很远，生猛得不像样。这个方法很灵，我一路一直学习很好，直到后来，我觉得学习学校这些内容对我来说并没什么意义后,我似乎就在一瞬间忘记了这个习惯。

到后来,我再也不寄托于什么祈祷,不对任何事物做预见,赶上了就生吞活剥,因为发现自己根本没有资格去讲求选择和优先权。

穷人和富人的区别从根本上说,不是财物的累积上的区别,而是在于穷人富人在竞争时,各自代表的周围社群体系文明程度的竞争。

我看到我们这一代最杰出的人才,都夭折于贫寒的出身。

我们每个人能活出自己的机会不多,活到出类拔萃的状态更难。我们看到的小范围的名校毕业,然后大型企业,车房不缺,其实也是一种毁灭,因为他看到的成功只限于此,而放弃的是更具辉煌意义的建树与征程。

我们这批农村来的北漂,多数浸淫在思想创意的领域,以输出的形式找寻自己。那么我们面对的矛盾就是必须一手挡住出身带来的腐旧的影响,一手挖掘寻找自己和时代匹配的文明进程。因为我们和其他人一样接受了同等的文明教育,却随时领受着家族出身和远走他乡带来的牵涉和囹圄。

我相信早晨总有阳光射入,闭上眼睛平静终会到来。

很多时候,我总是容易陷入无休止的自我谴责里,或者陷入不停歇的自我膨胀中。

在低洼里，记忆的坏事都统统站出来，谴责我的过错，谴责我的无能，谴责我的不积极，谴责我的不补救，我的心就像镶嵌进陶瓷中的石子，自己心硬，但是拗不过身体的其他感官。

少数时候，我得到的是罕见的美好，钻进来的是已经忘记且无从考究的身体记忆。自此，这样的记忆在我心中会慢慢生长，就像打开了储存已久的陈酿。比如上五年级时看到的乳房，比如第一次半夜穿越灯火通明的小镇街道，比如躺在地头看了一下午的天空，在麦垛上看见了云外面的云，在没有一个人的树林里爬到最高的树上读完一篇令人震惊的文章。

我好像从来没在乎过这些东西，但是它们随时随地就冒出来了，这时候我可能是在地铁里、在会议中、在飞机上，只需瞬间，我的眼底会湿润。我常常审问自己，为什么我从来没有在意过这些身体的感受，而是一直不断去追求"文明"。可能这就是另一种牵连，这种牵连让我最终成就自己。

五年级的时候，班里最不学无术的人每天早上给我讲一章昨晚看的故事，致使我对学校学习和老师不再那么信任。他每一章的故事来自他每晚回家后看的那本没有皮的书，后来我知道了那本书的名字，但是他可能一直都不知道那本书叫什么，而他那时候只是想看书，然后第二天讲给我。

上了初中，我最尊敬的人是我们班里那个不想多活一天的人，他的每个出发点，都是想让自己意外死亡，可是老师同学似乎洞悉了一切，没有一个人去为难过他。三年内，他读完的小说可能有五百本那么多，后来他的妻子成为我们镇那个坚持写小说的人，但他最终在人们的嘲讽中败下阵来，现在在镇里靠卖醋为生，他的所有传说都消失得无影无踪，他的妻子活成了以前的他。

我高中放学路上转角遇到的女子，再也没有看到过一次。

中考临上考场前，借给我几何书，让我背下我忘记的那个公式的女孩，那个我找了三年的陆意，没有出现在一中。

所有的错综复杂在心头交割。

有时候往事像戛然而止的电影，像梦境，像一睁眼就忘记的想象。

我算过两次命。那年我第一次坐火车，在银川火车站，看见一个乞丐，我看他很饿，就给他买了个面包。他是个瞎子，他说为了报答我，给我算一卦。后来我才知道他都是在胡说八道，但当时第一次出远门的我，心存悲悯，还是算了一卦。

十年后，心理学被广泛使用，于是，我自己给自己算了一卦，得出的结论是：我有强烈的感情和正直的品性，忠实于自己的预见，内心有坚定而深刻的信仰。我具有对新事物好奇和敏捷反应的能力，总是在悉心观察，还有对旧事物记忆犹新的能力，好像每一个生命的印迹和特征都是刚刚脱胎于造物之手一样新奇。

7

我们农村孩子的性启蒙都是比较野路子的。

我在小学五年级的时候,挑着两个水桶去井里担水,遇到了我们村最美的女子,美娟。那时她好像已经考了两次中专,但都没被录取,于是她第三次读初三。

井边的她头发浓密,白衬衣束着发育良好的身体,浑身散发着女人的味道,太阳照射下来,她说,我帮你取水吧。

于是她拿起我的桶,用井绳栓上桶,放到井里,打倒桶,装满水,吊上来。我站在她的对面,看到了她领口内的一对乳房,圆润坚挺,像我母亲蒸出来的大馒头,趁热气未消失前用筷子头点上了一个红点。

我紧张得有些窒息,把头扭过去看挂在天边的残阳像火一样烧着西边的山头,我控制不住自己,扭过头的眼神继续钻进了那个领口。

后来的她传出无数个绯闻,和山顶电视转播塔的男孩鬼混,和电所的计费员鬼混,和初中的音乐老师鬼混,嫁了三次离了三次,后来远走他乡。

初中的时候,我早上五点穿越漆黑的集镇街道,到街道尽头的学校上学,因为有早读的习惯,所以趁着月亮还在,我就赶到学校去了。

每次路过集镇的纸火店时,那里依旧站着一个发育得很好的女子,据说她是已经转学转了三次,每次都是重读初三,为的是考上县里的一中。她喜欢站在纸火店的窗子前,敞开着衣服洗脸。那时候很少有女孩子那么丰满又性感,她穿白色衬衣,黑色裤子,最重要的是她那时候的头发只到脖子处。

于是我每次路过纸火店时,站在黑暗处,总能看到她敞开着衣服洗脸。站在远处的我看到那扇长方形的窗口里的女子,总想跑上前去告诉她,需要穿好衣服,但是我始终没有做这件事。一年后,纸火店消失了。

我上高中的时候,隔壁邻居结婚。因为我属虎,那年他需要一个属虎的给他办事,于是我跟他去新娘家送礼帖,然后在婚礼上做礼童。这是我第一次对"新娘"有认识,而且她长得很好看,应该是目前村子里最好看的新娘。

第二年,我去她家里送东西,看到她抱着孩子喂奶。我进去后，她完全不顾及我，两个乳房暴露在外，一个乳头被孩子咬在嘴里，青筋暴突。

再后来，我第一次拥有了一对乳房时，再也没有了前两次对乳房的那种痴迷。

后来，这三对乳房无数次出现在我的小说中，成为我心中万千女性的来源。

8

我是一个生性很凉薄的人，虽然内心脆弱敏感，但是骨子里很冷血。

我几乎没有朋友。对友谊的信任感在很早之前就消耗干净了。

每当遇到生活低谷或者疲倦不堪时，我都是一个人硬生生扛过去，这样的经历致使我越来越孤立，越来越不喜欢和人亲近，在某种程度上建立了一种变异的自信心。

所以在暗无天日和无休止的低气压压得我们快窒息的时间里，在疲惫不堪、信心殆尽的时候，我做过最卑微的事情是曾经在盲道上走了一整天，曾经坐四十四路公交车绕二环八个小时。

积攒的每一个小确幸，都是在你疲倦不堪以及信心耗尽之后，重返生活的勇气之源。

我从来不敢谈起的亲情，对我来说是安全感的严重缺失。

晚上看一个纪录片，叫《第三极》，我看到藏族小孩摸一匹马的眼睛，从马的神情里能看得出它感受到了那个小孩子的关爱。

我想起二〇〇六年我在外面漂了将近一年，然后去了一所大学。那时候军训，我最不喜欢系脖子位置的那个扣子，新闻系的一个小伙子看我没扣上，从他们的队列跑到我们中文系的队列中来给我系扣子。要是以前，我会一脚踹开他，把他打个半死，但是他的手触到我的下巴，我感触到那双手的瞬间，我有点想哭，眼泪已经全部准备好了。等他回到他们队列中，我立马背过去骂了自己一句，你还是爷们吗？马上用衣袖把眼睛里的泪水擦掉，怕我们班那些陌生人看见。我此后的几年时间中看到那小子后，都一直在想，自己是不是那时候就喜欢上他了。后来我才想明白，我会产生这样的感觉是因为已经有很长一段时间没有人关心我。后来那个新闻系的小子回他们老家电视台工作了。不过他长得确实帅。

我父母从来不善于表达关爱，他们一直很冷漠。父母对我的教育要求是少惹事，别添麻烦。

父亲长年在外，我记得我第一次知道有父亲这类人是我某天早上醒来,看见我家里有个男人在换衣服,母亲让我叫爸爸,我对父亲的记忆是从那一刻开始的。

父亲是个木匠,一辈子靠这个吃饭,沉浸在自己的职业里钻研。他业余玩秦腔,好酒,是个讲义气、骨子里清高的人。我对父亲的感受是他为这个家承担了所有的困苦,我不能再给他增加一点点压力。

母亲每天用别人家的孩子来和我作比对,然后转述别的家长和别人家孩子对我的看法。言语刻薄,评价诛心般恶劣。当后来我能识别过来,才知道这都是她添油加醋后的陈述。但这导致我那时对于朋友、玩伴的信任度降得很低,心里想原来他们在背后对我是那样的看法。

母亲其实是用最简单最直接的方法扼制我的一些行为,她其实不懂得这些方法造成的后果,她只是自以为是地为我好。

于是我很多事情不敢和家里说。我初一时被初三的学生每天找茬,来了就掭我下巴,逗我,想激怒我,想和我干架,后来一个从初三下到初一重读的人,竟然直接上手打我。我那时候身手很好,这些我都不畏惧,我唯一怕的是,我把他们打了,我会被开除,要转学去外乡,我会给家里添麻烦。于是我忍了好久,终于等到我们班新来的老大看我顺眼,帮我去摆平了他们。

后来我们班的老大惹上了更大的麻烦,他爸爸来学校帮忙处理，那是个大胡子屠夫。那时候我看着我们班的老大想，这么厉害的人，竟然还有这么坚硬的靠山，要是我有这样的依靠多好。

一直有种无依无靠的感觉伴随我。

后来我越来越不敢和父母提及我的一些事情，我只让他们知道，我很好，学习很好。高中的时候，我一个人住校，那是我最孤单的一段日子。我吞掉了很多自己承担不起的东西，心也越变越硬。

后来遇到我老婆，她对生命的理解让我感觉我的人生豁然开朗，心里的一切阴暗潮湿开始慢慢变得干燥起来。

9

每过一段时间我总是疲惫不堪，对于工作对于生活，有时候想放纵到底，有时候想立刻结束。

一般最后总是用沉默来扛过这段时日，但是这种状态常常会带来反噬。

在内心最冰冷的时候，我想过死亡。

我是注重根的一个人,我想到死在外地,尸体会难以被送回老家。在某段时间内,我还查询了送尸体回家的所有费用,并琢磨了自己卡里的钱是不是可以支付得起。

直到二〇一四年我身边的第一个同龄人去世,在通州殡仪馆里,我体会到了他生前那种一直迫切寻找知心朋友还有灵魂伴侣的渴望。可是我之前丝毫没有体会到他是那么想和我成为朋友。我在回程的路上,看到北京的所有地标就会想起和他曾经的点点滴滴,其实我们早早成为了朋友,只是我没有感觉到而已。

10

我人生的动力全部来自恐惧和兴趣。对于我来说,兴趣的反面就是恐惧。

我恐惧于不熟悉和陌生带来的屈辱和不甘,因此,在熟悉的领域里,我习惯一意孤行直至一败涂地,但是在陌生的领域,我却丝毫提不起任何兴趣。

因此我觉得我的生活是喜悦在哪里,我的生命就在哪里。

在某一年十一假期期间，我再一次看起拉什的短篇小说《凌晨三点，星星不见了》。故事讲述一个退役的士兵在战争结束后去做了兽医，直到大学毕业的新兽医替代他得到了客户的青睐。而他在凌晨三点接到自己老战友家的牛难产的消息，于是再一次以兽医的身份驱车去出诊。便宜、有经验以及战友付不起新来的兽医昂贵的诊费，这些成为他不得不去的理由。

这个小说把接生的细枝末节写得让人心颤，让我想起小时候我们家母牛的一次难产。

那时候，母亲比父亲还要反感让我干农活，母亲甚至不让我碰任何农作物，她觉得只要不沾染，就不会在这些事情上下功夫，未来也就会远离这些事情。所以每每我去地头时，她就让我坐在地头，我坐着坐着就睡着了。

后来我确实对农村的劳作充满了恐惧，恐惧来源于不了解，没有竞争力。我最简单的劳作也做不好，只能去想其他的出路。

母亲的想法得到了验证，但是我想母亲好像还是没有想过另一面的事情，如果我变成一个好逸恶劳的人呢？

母亲在父亲外出打工的时日里，给我们家的牛接生过四次，可是那次遇到了难产，她请来了我们村养牛养了十多年的老人。我站在牛棚外，看了几分钟，就被母亲赶走了。我站在大门外，听了几个小时，听到了那位老人的所有指令以及他们用到的所有物品的名词。

看完拉什的小说，我想着，如果我的母亲让我看完了那次牛犊接生，我会写出一篇很好的小说。但是我又想着，如果母亲没有让我对农村的生活产生陌生的恐惧感的话，可能我现在是用另一种技能去生存。

二〇一六年，某天早上查日历才知道自己满三十了，记得在十多岁的时候我也曾畅想过三十岁的场景，那时候还在喜欢各种不确定性带来的冒险和刺激，以及因为自己有足够的阅历储备去解决问题而带来的兴奋，认为这种财富是值钱的。而现在我只想所有的事情都出现在自己的意料之中或者是期许之中。每个人到了一定年纪，都会在心里长出一种畏惧时间的霉斑。

前几天一个媒体来采访我，问写作对于我来说意味着什么？我说写作对于我来说是一场灾难。它带给我对生活的希望，还伴随着各种绝望、癫狂与失落。我是个表面积极阳光，但是骨子里特别悲丧的性格。所以自己时常能把自己拧巴死。

半夜突然醒来，然后陷入极端的空虚中，觉得这么多年了，我好像并没有认认真真地活过，除了和妻子谈恋爱时把自己折磨得死去活来。我对于写作也是轻易为之，按照自己的标准在写，对于工作也是按照自己的负荷量在做，使劲的感觉少之又少，内心的不安和恐惧却越来越大，大到我觉得三个小时的飞机和六个小时的火车是我的极限。

　　每过一段时间，我会被周遭近利的人带着跑，不是因为我定力不够，真是这个时代的变数太强，情绪的累积压迫会让人变丑。所以我需要在生活中布下几个柱子，拽住自己，或者当我想后退的时候，有个牵引力，带着自己往光明的那一面靠去。人们都急于去适应新事物，所以产生了一堆又一堆的废墟，废墟上垒着废墟。

　　我不喜欢旅行，在机场在车站在人群中，那种被放大的落寞和寂寥使得我内心更加孤独，我只能不停喝水去压制心里的这种突兀，看行色匆匆的人不间断地奔忙。我觉得需要长时间的旅行带来确定感的人都是内心从未真正踏实的人群。所以我将全部的假期都用来集中阅读同一个作家的作品，有时候就读得魔怔了，脑子嗡嗡叫，一时间会犯晕，下一分钟就睡着了。那种满足的踏实，让我毫无悔意不遗余力地享受着阅读带来的伤痛。